[कुण्डीलीनी रास रहस्योद्घाटन]

{गन्धर्व ज्ञान और वीतराग रहस्य जो
इंद्र की कूटनीति और एक महर्षि के श्राप से
जन्मी युगों तक चलने वाली प्रेम, युद्ध और
आध्यात्मिकता की रहस्यात्मक अज्ञात
महागाथाओं का स्वर्णिम संग्रह है।}

For permissions, inquiries, or to connect with the author or Foundation:
Email: praboudhna05@gmail.com

First Edition: May, 2026
"Truth is One, but the wise call it by many names."
— Rigveda 1.164.46

॥ विशेष वैधानिक उद्घोष (Disclaimer) ॥

यह उपन्यास पूर्णतः एक रहस्यात्मक कल्पना (Mystical Fiction), और आध्यात्मिक अनुभूतियों की नाटकीय प्रस्तुति है। यह कथा पुराणों, अप्सराओं की कथाओं और भारतीय आध्यात्मिक परंपरा से प्रेरित एक कल्पनात्मक, सौन्दर्य तथा वीर रस की अज्ञात आध्यात्मिक-रोमांटिक कथाओं का संग्रह है।

यहाँ यह स्पष्ट करना अनिवार्य है कि इस कथा का नायक 'मोहन उर्फ़ गोपाल' आध्यामिकता, सौदर्य और वीर रस की अनुभूतियों वाले एक उपयुक्त साधक पात्र है, जिनका सानि कोई दूसरा नहीं हो सकताI यह उपन्यास लेखक की दिव्य अनुभूतियों से प्रेरित अपनी मौलिक व रहस्यात्मक परिकल्पना है। यह किसी भी पौराणिक ग्रंथ का पुनर्कथन (Retelling) या धार्मिक इतिहास का वर्णन नहीं है।

इस उपन्यास का मूल उद्देश्य किसी भी व्यक्ति, संप्रदाय, धर्म या संस्कृति के विश्वासों और भावनाओं को ठेस पहुँचाना नहीं है।

"दृष्टिभेदो हि जगतः कारणम्।"

(संसार की व्याख्या देखने वाली दृष्टि पर निर्भर करती है।)

भौतिकवादियों के लिए: यह ग्रंथ केवल एक कल्पनाशील 'रास-कथा', अलौकिक सौंदर्य का वर्णन या पौराणिक आख्यान मात्र हो सकता है। जिनकी बुद्धि केवल स्थूल जगत और इंद्रिय-सुख तक सीमित है, उन्हें इसमें केवल 'राग' और 'मोह' के दर्शन होंगे।

आध्यात्मिक साधकों के लिए: यह संहिता चेतना की प्रगति के लिए एक **'नवीन और दिव्य मार्ग'** का पदार्पण करती है। मुमुक्षुओं के लिए यह 'भोग' से " योग" तक, 'मंथन' से 'अमृत' तक और 'राग' से 'वीतराग' तक पहुँचने की एक गुप्त और वैज्ञानिक पद्धति है। यहाँ 'रास' केवल नृत्य नहीं, अपितु कुण्डलिनी के ऊर्ध्वगमन का महा-विज्ञान है।

इस कृति का एकमात्र प्रयोजन इस नवीन ज्ञान अर्जनात्मक कला (Creative & Knowledge-based Art) का पदार्पण करना है, जहाँ प्राचीन तंत्र दर्शन और योग की ऊर्जाओं को एक नवीन रचनात्मक दृष्टि के साथ प्रस्तुत किया गया है।

यदि इस कथानक की किसी घटना या पात्र की समानता किसी वास्तविक जीवन या ऐतिहासिक परिप्रेक्ष्य से होती है, तो उसे मात्र एक संयोग या रहस्यमयी दिव्य लोकों की कृपा और संपर्क का प्रभाव माना जाना चाहिए।

यह उपन्यास केवल वयस्कों और जिज्ञासु पाठकों के लिए है, जो देह से विदेह की इस आंतरिक यात्रा को इसके दार्शनिक और प्रतीकात्मक अर्थों में समझने की क्षमता रखते हैं।

इस कृति का उद्देश्य किसी भी व्यक्ति, जीवित या मृत, किसी संप्रदाय, धर्म, जाति, लिंग या संस्कृति की भावनाओं, विश्वासों और मान्यताओं को ठेस पहुँचाना, अपमानित करना या कमतर दिखाना कतई नहीं है।

पाठकों के लिए विशेष सूचना:

- इस उपन्यास में प्रयुक्त 'कामुकता' और 'रति-विलास' के प्रसंग केवल मानवीय चेतना के ऊर्जागत रूपांतरण (Transformational Energy) के प्रतीकात्मक चित्रण हैं। इन्हें शारीरिक वासना के रूप में न देखकर, सूक्ष्म ऊर्जाओं के ऊर्ध्वगमन (Ascension) के रूप में समझा जाना चाहिए।
- यह ग्रंथ किसी भी प्रकार की तांत्रिक क्रियाओं को बिना गुरु के मार्गदर्शन के करने का सुझाव नहीं देता है।
- लेखक और प्रकाशक का उद्देश्य केवल आध्यात्मिक ज्ञान को एक नई रचनात्मक दृष्टि से प्रस्तुत करना है।

"माँ आदि पराशक्ति एवं आदि सत पुरुष की शरणागति ही परम उत्तम गति है।"

यह कृति उन्हीं की दिव्य प्रेरणा को समर्पित है।

आदि पराशक्ति और सतलोक रहस्य आश्रम (APASRA)

अनुक्रमणिका

॥ मंगलाचरणम् ॥

राग-रंग-मयं विश्वं, वीतरागेण पश्यति।

देह-गेहे स्थितः साक्षी, कुण्डली-रास-तत्परः॥

शक्तिः सृजति रूपाणि, ज्ञानं तस्य प्रकाशकम्।

भोगं योगमयं कृत्वा, गंधर्वो मोक्ष-दायकः॥

भावार्थ:

यह संपूर्ण विश्व राग और रंगों (वासनाओं) से भरा हुआ है, किंतु जो इसे 'वीतराग' (अनासक्त) भाव से देखता है, वही सत्य को जानता है। अपनी देह रूपी घर में स्थित वह 'साक्षी' पुरुष, जो कुण्डलिनी के रास में लीन है, वही वास्तव में जाग्रत है।

शक्ति (महामाया) रूपों का सृजन करती है और ज्ञान (पुरुष) उन्हें प्रकाशित करता है। जो साधक अपने 'भोग' को ही 'योग' में रूपांतरित कर देता है, वह दिव्य गंधर्व से अभिभूत होक तृप्ति-मुक्ति को प्राप्त होता है।

आलेख

अक्सर यह प्रश्न उठता है कि 'अध्यात्म' और 'कामुकता' जैसे दो विपरीत किनारों को एक ही धरातल पर कैसे लाया जा सकता है? क्या संसार को छोड़ना ही संन्यास है, या संसार के रस को पीकर उसे अमृत में बदल देना ही वास्तविक योग है?

इस उपन्यास की रचना किसी बौद्धिक विलास के लिए नहीं, बल्कि उस सत्य की खोज के लिए की गई है जो हमारे भीतर सदियों से दबा हुआ है। दिव्य चेतना ने यह महसूस किया है कि मनुष्य की सबसे बड़ी विडंबना यह है कि वह अपनी काम-ऊर्जा (Libido) से या तो डरता है या उसका गुलाम बन जाता है। दमन और प्रदर्शन के बीच फंसी इस ऊर्जा को 'दिव्यता' का मार्ग दिखाना ही इस उपन्यास का एकमात्र उद्देश्य है।

इस ग्रंथ में प्रयुक्त उपन्यास के प्रमुख पात्र "मोहन" उर्फ़ 'गोपाल' कोई व्यक्ति विशेष नहीं, बल्कि वह साधक चेतना है, जो देह के बंधनों को तोड़कर 'परम पुरुष' होने की आकांक्षा रखती है। पुराणों और तंत्र गन्थों में बताये गए प्रमुख 108 अप्सराओं का यहाँ पर वर्णन कामोत्तेजना के लिए नहीं, बल्कि उन सूक्ष्म ऊर्जा-वृत्तियों (Energy Patterns) के चित्रण के लिए किया गया है, जो साधना के दौरान हमारे भीतर जागृत होती हैं। प्रत्येक चक्र एक पड़ाव है, जहाँ वासना अपना रूप बदलती है और अंततः 'वीतरागता' में विलीन हो जाती है।

दिव्य चेतना ने इस उपन्यास के जरिए 'वीतराग विज्ञान' की उस नवीन कला का पदार्पण करने का प्रयास किया है, जहाँ सौंदर्य का वर्णन है पर आसक्ति नहीं, रस का स्वाद है पर मोह नहीं। यह एक ऐसी रहस्यात्मक कल्पना है जो पौराणिक कथाओं का पुनर्कथन न होकर, स्वयं के भीतर छिपे 'रहस्यमय दिव्य लोकों' का एक मानचित्र है।

दिव्य दृष्टि में, देह एक मंदिर है और कुण्डलिनी वह महाशक्ति है जो हमें माटी से उठाकर सितारों तक ले जाती है। यदि यह उपन्यास आपके भीतर सोई हुई उस जिज्ञासा को एक चिंगारी भी दे सके, तो दिव्य चेतना का श्रम सार्थक हो जायेगा।

अंततः, यह संपूर्ण अभिव्यक्ति उस आदि पराशक्ति और आदि सत पुरुष की शरणागति का एक माध्यम मात्र है। उन्हीं की कृपा से ऐसे 'रास' घटित होते है और उन्हीं के चरणों में यह 'निधि' अर्पित है।

प्रेम और आशीर्कृपा के साथ,

— गंधर्वसेन 'वीतराग निधि'

फ़ॉरवर्ड:

"जब गन्धर्व लोक के शंख और वीणाओं की गूँज स्वर्ग से स्वतंत्र अनंत आकाश में बिखरी, तभी मैंने महसूस किया कि युगों पुराने रहस्य अब पृथ्वी पर अपने अगले अध्याय की ओर बढ़ रहे हैं।"

मैं, वीतराग निधि, आपको उस अदृश्य और अज्ञात ब्रह्मांडीय गाथा की ओर ले चलता हूँ, जिसे आज तक किसी ने नहीं जाना।

गन्धर्वेश सुरानंद अनन्तराग—गन्धर्वों के राजा—ने अपनी आत्मा की गहराइयों में एक रहस्यमय संगीत रचा।

स्वर्ग की सत्ता, इंद्र की चालाकी और महर्षि के श्राप के बीच, उन्होंने युगों तक प्रेम, युद्ध और आध्यात्मिकता की धारा बहाई।

और जब उन्होंने पृथ्वी पर जन्म लिया——
तो उनका प्रत्येक स्पर्श, प्रत्येक मुस्कान, और प्रत्येक प्रेम का अनुभव,
उनकी पूर्वजन्म की यादों और गन्धर्व लोक की महागाथाओं का प्रतिबिंब बन गया।

पाठक, यह उपन्यास केवल प्रेम और युद्ध की कथा नहीं है।
यह बीते हुए रागों की रहस्यमय धुन,
अज्ञात शक्तियों की जटिलताओं और
युगों पुरानी दिव्यता का उद्घाटन है।

हर पृष्ठ, हर अध्याय, हर संवाद—
आपको उस रहस्य की ओर खींचेगा,
जिसे आज तक कोई नहीं जान पाया।

स्वागत है आपको इस गूढ़ और दिव्य यात्रा में,
जहाँ स्वर्ग, गन्धर्व लोक और पृथ्वी के बीच की हर धुन, हर राग,
आपके अंतःकरण में अनकहे रहस्यों की गूँज छोड़ जाएगी।

— गंधर्वसेन "वीतराग निधि", गन्धर्व लोक का संगीतज्ञ और रहस्यात्मक स्मृतियों संरक्षक

प्राक्कथन

स्वर्ग और पृथ्वी के बीच गूंजते रहस्यों की यह गाथा,
आपको उस अनकहे और अज्ञात संसार में ले जाएगी,
जहाँ प्रेम, युद्ध और आध्यात्मिकता एक जटिल कुण्डीलीनी रास की तरह बँधे हुए हैं।

यह कथा है, "गन्धर्वेश सुरानंद अनन्तराग" के बीते हुए उस गुप्त काल की, जिससे स्वर्गीय शक्तियों, अप्सराओं के प्रेम और युगों पुराने संघर्षों के पृथ्वी पर उद्घाटन हुआ।

क्यों देवराज इंद्र जो स्वयं श्री हरि का अनुयायी था,
उनके ही अवतार मदनगोपाल के सामने विरोधी बन गया?
क्यों गोपाल का जीवन जन्म से ही संघर्ष, पीड़ा और रहस्य से भरा रहा?

यह उपन्यास आपको युगों पुराने बीते हुए अनकहे राग(राज) और रहस्यों की यात्रा पर ले जाएगा—

उन अनुभवों, प्रेम कथाओं और आध्यात्मिक शक्तियों तक जिन्हें आज तक किसी ने नहीं जाना।

खंड-1: दिव्य अपसराओं का मायावी चक्रव्यूह

अध्याय 1 : प्रारंभिक परीक्षा

रात असामान्य रूप से शांत थी। आकाश में फैली चाँदनी धरती पर एक रहस्यमयी उजास बिखेर रही थी, मानो प्रकृति स्वयं किसी अदृश्य घटना की प्रतीक्षा कर रही हो। उसी शांत वातावरण में एक युवक ध्यानमग्न बैठा था—गोपाल।

उसकी आँखें बंद थीं, किन्तु उसके भीतर एक तूफान चल रहा था। जन्म से ही उसमें कुछ अलग था—एक ऐसी प्रतिभा, एक ऐसी चेतना, जो सामान्य मनुष्यों से परे थी। लोग उसे देखते तो बस एक साधारण बालक समझते, परंतु उसके भीतर एक अदृश्य दिव्यता धड़कती थी।

लेकिन उसी दिव्यता के साथ उसके जीवन में एक रहस्यमयी पीड़ा भी जन्म ले चुकी थी।

कभी-कभी उसे लगता जैसे कोई अदृश्य शक्ति उसके चारों ओर मंडरा रही है। रात के सन्नाटे में उसे अनजानी आहटें सुनाई देतीं, और ध्यान के गहरे क्षणों में उसके मन पर कोई अज्ञात दबाव उतर आता। धीरे-धीरे उसे एहसास हुआ कि यह केवल मन का भ्रम नहीं है। यह प्रेत और अन्य नकारात्मक शक्तियों का प्रभाव था, जिसने उसकी चेतना और कर्मपथ को जकड़ रखा था।

उसके जीवन में दुखों का एक ऐसा सिलसिला शुरू हो चुका था, जिसका अंत उसे कहीं दिखाई नहीं देता था।

अंततः एक दिन उसने अपने गुरु की शरण ली।

गुरु ने उसकी आँखों में गहराई से देखा। कुछ क्षणों तक मौन छाया रहा, फिर उनकी गंभीर आवाज़ गूँजी—

“तुम्हारा मार्ग साधारण नहीं है, गोपाल। जिस प्रकाश को तुम धारण किए हुए हो, वही प्रकाश कई शक्तियों को विचलित कर रहा है। यदि तुम्हें अपने मार्ग पर आगे बढ़ना है, तो तुम्हें शिव की शरण में जाना होगा।”

बस उसी दिन से गोपाल का जीवन बदल गया।

उसने स्वयं को पूरी तरह साधना में समर्पित कर दिया।
भक्ति, ध्यान, तप, समर्पण और संकल्प—ये सभी उसके जीवन के स्तंभ बन गए।

दिन बीतते गए...
रातें बीतती गईं...

कभी वह घंटों ध्यान में लीन रहता, कभी कठोर तप करता, और कभी शिव के नाम का जप करते-करते उसकी चेतना किसी गहरे, असीम शून्य में विलीन हो जाती।

और फिर... एक रात सब कुछ बदल गया।

उसकी साधना की पराकाष्ठा पर भगवान शिव की कृपा उस पर बरसी।

उस दिव्य क्षण में उसकी चेतना के भीतर अद्‌भुत शक्तियों का उदय हुआ। उसे क्रोध भैरव सहित कुल बावन भैरवों की सिद्धि प्राप्त हुई—एक ऐसी शक्ति, जिसकी कल्पना भी सामान्य मनुष्य नहीं कर सकता। साथ ही माँ आध्य पराशक्ति की अनुकम्पा से उसे श्री विद्या की दिव्य सिद्धि प्राप्त हुई। इसके साथ ही उनकी प्रेत बाधा दूर हो जाती है।

उस क्षण से गोपाल केवल एक साधक नहीं रहा।
वह बन चुका था — श्री विद्या का धनी।

समय बीतने के साथ उनके जीवन में विभूति-पान का क्रम भी आरंभ हुआ। वह केवल एक अनुष्ठान नहीं था; वह मानो उसकी चेतना को दिव्य ऊर्जा से भरने वाला माध्यम था। उसकी दृष्टि में एक अनोखी चमक आ चुकी थी, और उसके व्यक्तित्व में एक रहस्यमयी आकर्षण।

किन्तु जहाँ साधना का प्रकाश तीव्र होता है, वहाँ प्रलोभन की छाया भी उतनी ही गहरी हो जाती है।

गोपाल की बढ़ती हुई आध्यात्मिक शक्ति को देखकर स्वर्गलोक में भी हलचल मच गई।

देवराज इंद्र चिंतित हो उठे।

यदि यह युवक अपनी साधना में और आगे बढ़ गया, तो उसका तेज देवताओं तक को चुनौती दे सकता था। और तब एक निर्णय लिया गया—एक ऐसा निर्णय, जो गोपाल की जीवनयात्रा की सबसे कठिन परीक्षा बनने वाला था।

स्वर्ग की अप्सराओं को पृथ्वी पर भेजा जाना।

उनका आगमन किसी साधारण स्त्री की तरह नहीं था।
उनकी चाल में संगीत था...

उनकी आँखों में नशा...
और उनके रूप में ऐसा आकर्षण, जो किसी भी मनुष्य की चेतना को डिगा सकता था।

जब पहली बार गोपाल ने उन्हें देखा, तो एक क्षण के लिए उसका मन भी विचलित हो उठा।

उसके सामने खड़ा था सौंदर्य का ऐसा रूप, जो स्वप्न जैसा था।
उनकी हँसी में मधुरता थी, उनकी आवाज़ में एक मोहक कंपन, और उनकी उपस्थिति में एक ऐसी सुगंध, जो मन को धीरे-धीरे अपने वश में कर ले।

धीरे-धीरे उनके बीच संवाद होने लगे।
उनकी बातें कभी मासूम लगतीं, कभी रहस्यमयी, और कभी अनजाने में हृदय को छू जातीं।

गोपाल ने पहली बार महसूस किया कि साधना के अतिरिक्त भी जीवन में एक संसार है—भावनाओं का, आकर्षण का, और प्रेम का।

किन्तु यह संसार उतना सरल नहीं था।

यह था एक मायावी चक्रव्यूह।

इस चक्रव्यूह के केंद्र में था दिव्य स्त्री-सौंदर्य, काम-कला की पराकाष्ठा, और भोग-संपदाओं का आकर्षक जाल।

और यह सब रचा गया था केवल एक उद्देश्य से—गोपाल की साधना को भंग करने के लिए।

सबसे कठिन बात यह थी कि गोपाल उस समय अपने जीवन के उस मोड़ पर था, जहाँ बाल्यकाल धीरे-धीरे यौवन में बदल रहा था।

उसके भीतर भावनाएँ जाग रही थीं...
मन में अनजानी इच्छाएँ जन्म ले रही थीं...
और शरीर एक नए अनुभव की ओर बढ़ रहा था।

ऐसे समय में यह दिव्य और सम्मोहक प्रलोभन उसके सामने था।

अब प्रश्न केवल यह था—

क्या गोपाल इस मायावी, रसात्मक और रमणीय चक्रव्यूह को पहचान पाएगा?

और यदि पहचान भी ले...
तो क्या वह इससे बाहर निकल सकेगा?

या फिर स्वर्ग की अप्सराओं की मुस्कान, उनकी आँखों की गहराई और उनके स्पर्श की मधुरता उसकी साधना की दिशा बदल देगी?

गोपाल की वास्तविक परीक्षा अब शुरू होने वाली थी...

अध्याय 2 : अप्सरा अलकनंदा

वह स्वर्गलोक की सबसे रहस्यमयी अप्सराओं में से एक थी।
उसका सौंदर्य केवल रूप का आकर्षण नहीं था—उसमें एक अजीब सी शांति और गहराई थी।

उसकी आँखें ऐसी थीं, जैसे उनमें कोई पुरानी कहानी छिपी हो।
जब वह मुस्कुराती, तो लगता जैसे चाँदनी अचानक और उजली हो गई हो।

यह अलकनंदा अन्य अप्सराओं से अलग थी।

अलकनंदा को इंद्र ने नहीं भेजा था। वह पृथ्वी पर अपने विचरण के वक्त अचानक से कठोर तपस्या में लीन गोपाल को देख उस पर मोहित हो जाती है।

जहाँ बाकी अप्सराएँ केवल इंद्र के आदेश का पालन करती थीं, वहीं उसके मन में गोपाल के साथ पहली ही मुलाक़ात के बाद एक अजीब सी भावना जन्म लेने लगी—एक ऐसी भावना, जो स्वर्गलोक के नियमों से भी बड़ी थी।

वह पहली बार किसी मनुष्य को देखकर विचलित हुई थी।

और वह मनुष्य था— गोपाल। अब वह उसे मन ही मन अपना प्रेमी मान चुकी थी।

अध्याय 3. गोपाल और अप्सरा की पहली मुलाक़ात

एक रात…

आकाश में पूर्णिमा का चाँद चमक रहा था।
उसकी चाँदनी जंगल की पगडंडियों पर दूधिया उजाला बिखेर रही थी।

गोपाल एक प्राचीन वृक्ष के नीचे ध्यान में लीन बैठे थे।
उनकी साँसें शांत थीं, और उनके चारों ओर मानो एक अदृश्य ऊर्जा का घेरा बना हुआ था।

तभी अचानक हवा में एक हल्की सुगंध घुलने लगी।

वह सुगंध पृथ्वी की नहीं थी।

धीरे-धीरे हवा के साथ एक मधुर हँसी भी सुनाई दी—इतनी कोमल कि जैसे किसी वीणा का तार हल्के से छू गया हो।

गोपाल की ध्यानावस्था थोड़ी डोल गई।

उन्होंने धीरे-धीरे अपनी आँखें खोलीं।

और फिर…
उनकी दृष्टि सामने खड़ी उस आकृति पर ठहर गई।

चाँदनी में खड़ी वह स्त्री मानो स्वयं स्वर्णिम प्रकाश से बनी हुई थी। उसने स्वर्ग में पाए जाने वाले रुबानी नामक दरख्त की कपास जैसे पदार्थ से बना पारदर्शी मखमली-रेशमी सा लिबास पहन रखा था। जिससे ऐसा लगता था कि मानो उसके अंग अंग ज्वलंत क्रीडाएँ कर रहे हों और अद्भुत अदाओं की छटा बिखेर रहे हो। उसके केश काले बादलों की तरह लहराते थे, और उसकी आँखों में एक अजीब सी चमक थी—जैसे कोई रहस्य। ऐसा दृश्य पृथ्वी पर पहले कभी शायद ही कभी किसी ने देखा हो।

कुछ क्षण दोनों के बीच मौन छाया रहा। मानो समर ठहर सा गया हो।

फिर वह मुस्कुराई।

"तुम ही हो गोपाल?"
उसकी आवाज़ में एक मधुर कंपन था।

गोपाल कुछ क्षण उसे देखते रहे।

"और तुम... तुम कौन हो सुंदरी?"

वह कुछ कदम आगे बढ़ी।
चाँदनी उसके चेहरे पर और स्पष्ट हो गई।

"मैं... अलकनंदा।"

फिर उसने हल्के से कहा—

"स्वर्ग से आई हूँ... तुम्हें देखने।"

उस क्षण गोपाल के भीतर कुछ बदल गया।

यह पहली बार था जब उनकी साधना के शांत सरोवर में किसी भावना की हल्की लहर उठी थी।

लेकिन उन्हें यह नहीं पता था कि यह मुलाक़ात केवल शुरुआत थी।

एक ऐसी कहानी की शुरुआत—
जिसमें प्रेम भी था...
प्रलोभन भी...
और एक ऐसा रहस्य, जो स्वर्ग और पृथ्वी दोनों को बदल सकता था।

अगला दृश्य : चंद्रप्रकाश की वह रात — पहला संवाद

चाँदनी अब और गहरी हो चुकी थी।

जंगल के उस शांत स्थान पर केवल दो ही प्राणियों की उपस्थिति थी— गोपाल और अलकनंदा।

कुछ क्षणों तक दोनों एक-दूसरे को देखते रहे।
गोपाल के भीतर साधना की स्थिरता थी, लेकिन उनकी दृष्टि में अब एक हल्की जिज्ञासा भी थी।

अलकनंदा ने धीरे से चारों ओर देखा, फिर मुस्कुराकर बोली—

"यह स्थान बहुत शांत है... तुम अक्सर यहाँ आते हो?"

गोपाल ने हल्के स्वर में उत्तर दिया—

"जब मन को शांति चाहिए होती है, तब मैं यहाँ बैठता हूँ।"

अलकनंदा ने उसकी ओर देखा।
उसकी आँखों में एक अजीब सी चमक उभर आई।

"और आज... क्या तुम्हें शांति मिल रही है?"

गोपाल कुछ क्षण मौन रहे।
फिर धीरे से बोले—

"आज... शांति के साथ एक प्रश्न भी मिल गया है।"

"कैसा प्रश्न?" उसने हल्के से पूछा।

गोपाल ने पहली बार उसे पूरी तरह देखा।
उसका सौंदर्य इतना अलौकिक था कि कुछ क्षणों के लिए समय जैसे ठहर गया।

"यह कि स्वर्ग की एक अप्सरा... पृथ्वी पर एक साधक से क्यों मिलने आएगी भला।"

अलकनंदा की मुस्कान थोड़ी गहरी हो गई।

"शायद... जिज्ञासा।"

"या शायद..." उसने थोड़ा रुककर कहा,
"किसी नियति का संकेत।"

उसके शब्दों में कुछ ऐसा था, जिसने गोपाल के मन को हल्का सा विचलित कर दिया।

उनके भीतर पहली बार यह एहसास हुआ कि यह मुलाक़ात साधारण नहीं है।

और उसी क्षण...
उनके बीच एक अनकहा आकर्षण जन्म ले चुका था।

अध्याय 4: इंद्र की योजना

दृश्य 1: स्वर्गलोक में चल रही सभा

स्वर्गलोक में अगले दिन एक विशेष सभा आयोजित की गई थी।

देवराज इंद्र अपने सिंहासन पर बैठे थे। उनके चारों ओर देवगण उपस्थित थे, और सामने खड़ी थीं स्वर्ग की अप्सराएँ।

इंद्र की दृष्टि गंभीर थी।

“पृथ्वी पर एक युवक है… कृष्णा।”

सभा में हल्की फुसफुसाहट हुई।

इंद्र आगे बोले—

“उसकी साधना दिन-प्रतिदिन प्रबल होती जा रही है। यदि वह इसी प्रकार आगे बढ़ता रहा, तो उसकी शक्ति देवताओं के संतुलन को भी प्रभावित कर सकती है।”

वरुण देव ने पूछा—

“तो आप क्या चाहते हैं, देवराज?”

इंद्र की दृष्टि अप्सराओं की ओर मुड़ी।

“उसकी साधना को रोका जाना चाहिए।”

सभा में मौन छा गया।

फिर इंद्र ने कहा—

“और यह कार्य… अप्सराएँ करेंगी। जो अप्सरा इस कार्य को करने में सफल होगी उसे स्वर्ग में प्रतिष्ठित सम्मान दिया जायेगा”

अप्सराओं में हलचल हुई।
पर तभी उनकी दृष्टि अलकनंदा पर टिक गई।

“अलकनंदे… मुझे अपने गुप्तचरों से मालूम चला है कि तुम उसके पास जा कर आ चुकी हो।”

अलकनंदा ने सिर झुका लिया।

किन्तु उस क्षण उसके मन में एक अनजाना प्रश्न उठ चुका था—

क्या वह वास्तव में केवल एक साधक को विचलित करने गई होगी...

या फिर नियति उसके लिए कुछ और लिख चुकी है?

दृश्य 2: अप्सरा का पहला द्वंद्व

अगली बार पृथ्वी पर जाते समय अलकनंदा का मन असामान्य रूप से शांत नहीं था।

जब उसने पहली बार गोपाल कृष्णा को देखा था, तब उसे लगा था कि यह केवल एक साधारण कार्य होगा—एक साधक को मोहित करना।

लेकिन अब...

उसकी आँखों के सामने बार-बार वही दृश्य आ रहा था।

वह युवक...
जो चंद्रप्रकाश में शांत बैठा था।

जिसकी आँखों में कोई लालसा नहीं थी...
केवल गहराई थी।

अलकनंदा ने धीरे से स्वयं से कहा—

"यह कैसे संभव है..."

"मैंने अनगिनत राजाओं और ऋषियों को विचलित किया है...
पर यह साधक..."

वह कुछ क्षण रुक गई।

उसके हृदय में एक नई भावना जन्म ले रही थी—एक ऐसी भावना, जिसे वह पहचानने से डर रही थी।

क्या यह केवल आकर्षण था?

या फिर...

पहली बार एक अप्सरा स्वयं किसी मनुष्य के प्रेम में पड़ने लगी थी।

दृश्य 3: अप्सरा का पहला स्पर्श

उस रात आकाश असामान्य रूप से उजला था।

पूर्णिमा का चाँद अपनी पूरी आभा के साथ आकाश में चमक रहा था। चाँदनी धरती पर इस तरह बिखरी थी जैसे किसी ने जंगल के हर पत्ते पर चाँदी की हल्की परत चढ़ा दी हो।

गोपाल उसी प्राचीन वृक्ष के नीचे ध्यान में बैठे थे।

उनकी साँसें धीमी थीं...
मन स्थिर था...
और चेतना भीतर की गहराइयों में उतर रही थी।

तभी हवा में वही परिचित सुगंध घुली।

गोपाल की आँखें धीरे-धीरे खुलीं।

सामने...
अलकनंदा खड़ी थी।

आज वह पहले से भी अधिक शांत लग रही थी। उसके चेहरे पर एक हल्की मुस्कान थी, लेकिन उसकी आँखों में आज कुछ और भी था—एक अनकहा भाव।

“तुम फिर आ गई...” गोपाल ने धीमे स्वर में कहा।

अलकनंदा ने हल्के से सिर झुका दिया।

“शायद... मुझे आना ही था।”

कुछ क्षण मौन रहा।

फिर वह धीरे-धीरे आगे बढ़ी। उसके कदम इतने हल्के थे कि सूखे पत्ते भी आवाज़ नहीं कर पाए।

वह गोपाल के बिल्कुल सामने आकर रुक गई।

चाँदनी में उसका चेहरा चमक रहा था।

"गोपाल ..." उसने धीमे से कहा।

"क्या कभी तुम्हें ऐसा लगा है कि कोई अनजानी शक्ति दो लोगों को एक-दूसरे के पास ले आती है?"

गोपाल ने उसकी ओर देखा।

"नियति... शायद।"

अलकनंदा की आँखों में हल्की चमक उभरी।

वह और करीब आ गई।

अब उनके बीच केवल कुछ इंच की दूरी थी।

गोपाल के भीतर पहली बार एक हल्का कंपन उठा।
यह वही भावना थी जिसे साधक अक्सर पहचानने से बचते हैं।

अलकनंदा ने धीरे-धीरे अपना हाथ उठाया।

उसकी उंगलियाँ काँप रही थीं।

और फिर...

उसने हल्के से गोपाल के हाथ को छू लिया।

बस एक क्षण।

लेकिन वह क्षण असाधारण था।

जैसे समय रुक गया हो।
जैसे हवा भी ठहर गई हो।

गोपाल के भीतर अचानक एक तीव्र ऊर्जा लहर की तरह उठी।
यह कोई साधारण स्पर्श नहीं था—उसमें स्वर्ग की मादकता, सौंदर्य और भावनाओं की अजीब गहराई थी।

अलकनंदा ने धीरे से कहा—

"मैं तुम्हें विचलित करने आई थी..."

उसकी आवाज़ अब बहुत धीमी थी।

“लेकिन अब… मुझे डर है कि मैं स्वयं ही बदल रही हूँ।”

गोपाल की आँखों में पहली बार एक नया भाव उभरा।

“क्यों?”

अलकनंदा ने उसकी ओर देखा।

और बहुत धीरे से कहा—

“क्योंकि… शायद मैं तुम्हें केवल मोहित नहीं करना चाहती।”

“मैं तुम्हें… समझना चाहती हूँ।”

उस क्षण चाँदनी पहले से भी उजली लगने लगी।

दोनों के बीच खड़ा मौन अब केवल मौन नहीं था।

वह एक नई कहानी की शुरुआत थी—
एक ऐसी कहानी, जहाँ साधना और प्रेम पहली बार आमने-सामने खड़े थे।

अध्याय 5: सखियाँ के रूप में अप्सराओं का मिलन

दृश्य 1:

गोपाल की साधना और अलकनंदा के साथ उनका पहला स्पर्श पूरे स्वर्गलोक में चर्चित हो गया।

स्वर्ग में देवताओं और अप्सराओं की सभा में अब हलचल थी। इंद्र ने देखा कि कुछ अप्सराएँ—जिन्हें उन्होंने साधकों को विचलित करने भेजा था—अब स्वयं विचलित हो रही हैं।

तभी एक रहस्यमयी संदेश आया:

"मृत्युलोक में जो स्त्रियाँ गोपाल की सेवा करती हैं और प्रेम दिखाती हैं, उनमें अधिकांश स्वर्ग की अप्सराएँ या देवांगनाएँ हैं। वे तपस्या और भक्ति का पाठ सीखने पृथ्वी पर भेजी गई हैं, ताकि उनका कर्म और चेतना शुद्ध हो।"

यह रहस्य अब धीरे-धीरे पृथ्वी पर प्रकट होने लगा।

दृश्य 2: गोपाल की नई समझ

गोपाल ने महसूस किया कि उसकी प्रेम कथा केवल मानव मोह नहीं थी। हर सखी का हृदय दिव्यता और स्वर्गीय शक्ति से भरा था।

- परम सखी, जो सबसे गहरी भक्ति और प्रेम का प्रतीक है, वास्तव में स्वर्ग की मुख्य अप्सराओं में से एक थी।
- अन्य सखियाँ, जो उसे घेरती थीं, प्रत्येक का उद्देश्य केवल मोह करना नहीं था, बल्कि उसे भक्ति और प्रेम के उच्चतम आयामों तक ले जाना था।

गोपाल की दृष्टि में यह रहस्य उनकी साधना और प्रेम को एक अद्भुत संतुलन में ले आया।

दृश्य 3: अलकनंदा का द्वंद्व

अलकनंदा, जो पहले ही गोपाल के प्रति आकर्षित थी, अब स्वयं भ्रमित हो गई।

- उसे ज्ञात हुआ कि गोपाल की ये सखियाँ केवल "साधक को परीक्षा में डालने" के लिए नहीं आई थीं।
- वे सभी स्वर्गीय प्राणी थीं, जिनका कर्म और उद्देश्य अलग था।
- अलकनंदा का हृदय अब डर और ईर्ष्या में फँस गया—क्या वह इस दिव्य खेल में स्वयं सफल हो पाएगी, या उसकी साधना और प्रेम खो जाएगा?

दृश्य 4: अलकनंदा की रहस्यमयी खोज

रात्रि की चाँदनी पूरी तरह जंगल पर फैल गई थी।
गोपाल के गाँव के हर पत्ते पर हल्की चाँदी जैसी आभा बिखरी हुई थी।
गोपाल अपने ध्यान में लीन थे, और अलकनंदा उनके पास खड़ी थी।

लेकिन आज उनका हृदय हलचल से भरा था।
कुछ ऐसा अनुभव हो रहा था जो पहले कभी नहीं हुआ था।

अलकनंदा ने धीरे से पूछा:
"गोपाल... ये जो स्त्रियाँ तुम्हारे चारों ओर हैं... क्या वे केवल सामान्य महिलाएँ हैं?"

गोपाल की दृष्टि में हल्की मुस्कान आई।

"शायद तुमने कुछ महसूस किया है... लेकिन इसका रहस्य केवल अब खुलने वाला है।"

अलकनंदा ने अपनी आँखें बड़ी कर दी।
"मुझे बताओ... क्या वे वास्तव में अप्सराएँ हैं?"

गोपाल ने धीरे से हाथ बढ़ाया और उसकी उंगली पकड़ी।

"हाँ... सभी सखियाँ, जिनके साथ तुम मुझे देखती हो... स्वर्गलोक से आई देवांगनाएँ हैं। उनकी भूमिका केवल तुम्हें या मुझे मोहित करना नहीं, बल्कि... साधक के हृदय में प्रेम, भक्ति और आध्यात्मिक ऊर्जा जगाना है।"

अलकनंदा के भीतर हल्की धड़कन उठी।
यह सच उसके लिए एक शॉक और मोह का मिश्रण था।

"तो मेरा... स्थान कहाँ है?" उसने धीमे स्वर में पूछा।
"क्या मैं उनके बीच... केवल एक साधक की परीक्षा में बाधक बन जाऊँगी?"

गोपाल ने उसकी आँखों में गहराई से देखा।

"तुम उनका विरोध नहीं हो। तुम... उनकी भूमिका से अलग हो। तुम्हारा संबंध मेरे हृदय और साधना के साथ वास्तविक है। तुम्हारा प्रेम दिव्यता के साथ मिश्रित है, और यह तुम्हें विशेष बनाता है।"

अलकनंदा धीरे-धीरे मुस्कुराई।
उसके हृदय में पहली बार घबराहट के साथ एक अजीब शांति भी थी।

"तो इसका अर्थ यह है," उसने कहा, "कि मैं केवल मोहिनी नहीं... मैं वह हूँ, जो इस दिव्यता और प्रेम के बीच संतुलन बनाएगी।"

गोपाल ने उसकी उंगली और कसकर पकड़ी।
"और यही तुम्हारा सबसे बड़ा साहस है।"

चाँदनी अब पहले से अधिक उजली हो रही थी।

वहां की अप्सराएँ भी दूर से अलकनंदा की ओर देख रही थीं,

लेकिन अब उनके चेहरे पर कोई परीक्षा या प्रलोभन नहीं था—सिर्फ स्वीकृति और सौम्यता।

अलकनंदा ने महसूस किया कि अब वह केवल एक साधक की प्रेमिका नहीं थी, बल्कि गोपाल की साधना और दिव्यता का भाग बन चुकी थी।

और इसी क्षण से गोपाल गाँव का वातावरण पूरी तरह बदल गया—
प्रेम, भक्ति और रहस्य तीनों का अद्‌भुत मिश्रण अब हवा में फैल चुका था।

अध्याय 6 : इंद्र की योजना की विफलता

दृश्य : इंद्र की सभा में अलकनंदा की परीक्षा सम्बन्धी चर्चा

स्वर्गलोक में आज असामान्य हलचल थी।
देवताओं का एक विशेष समूह इंद्र के सिंहासन के चारों ओर खड़ा था।
वृन्दावन में घटित प्रेम और रहस्यमयी घटनाओं के समाचार पूरे स्वर्ग में फैल चुके थे।

इंद्र ने गंभीर स्वर में सभा की शुरुआत की।
"गोपाल... उस साधक का नाम जिसने सभी अप्सराओं को विचलित कर दिया है।
और अब उसकी प्रेमिका—अलकनंदा—स्वर्ग की परीक्षा से भी ऊपर उठ चुकी है।
क्या यह प्रेम केवल मोह है, या वास्तविक दिव्यता का प्रतीक?"

सभा में मौन छा गया।
कई देवगण विचार में डूब गए।
मित्र देव ने कहा, "देवराज, यह सामान्य अप्सरा परीक्षा नहीं रह गई। अलकनंदा का हृदय अब स्वर्ग के नियमन से परे है।"

इंद्र की दृष्टि अलकनंदा की ओर गई।

"तुम पृथ्वी पर गई, साधक के पास... क्या तुम्हारा प्रेम केवल मोह है, या तुम स्वयं उसकी साधना और दिव्यता की परीक्षा का हिस्सा बन चुकी हो?"

अलकनंदा ने सिर उठाया। उसकी आँखों में साहस और भावनाओं का अद्‌भुत मिश्रण था।

"महोदय... मैं केवल मोह के लिए नहीं गई।

मेरी दृष्टि और हृदय... दोनों उसके साथ सचमुच जुड़े हैं।

यदि इसे परीक्षा कहा जाए, तो मैं स्वयं इसे स्वीकार करती हूँ, क्योंकि मेरा प्रेम केवल उसे विचलित करने का प्रयास नहीं है।

यह साधक की दिव्यता का सम्मान और उसकी साधना का सहयोग है।"

इंद्र और देवताओं ने एक-दूसरे को देखा।
कुछ देवों की आँखों में आश्चर्य था।
कुछ की मुस्कान में संतोष।

इंद्र ने धीरे से कहा,

"यदि यह सच है... तो यह प्रेम, परीक्षा और दिव्यता का अद्‌भुत संतुलन है। तुम दोनों ने केवल मोहित नहीं किया, बल्कि एक-दूसरे के हृदय और चेतना में गहराई से प्रवेश किया है।

स्वर्ग की यह परीक्षा अब समाप्त मानी जाएगी।

लेकिन याद रखो—इस प्रेम और साधना का संतुलन सदैव तुम्हारे हृदय में रहना चाहिए।"

अलकनंदा ने मुस्कुराते हुए सिर झुका दिया।
उसने महसूस किया कि अब वह केवल साधक की प्रेमिका नहीं थी,
बल्कि गोपाल की साधना और दिव्यता का अविभाज्य हिस्सा बन चुकी थी।

सभा समाप्त हुई। स्वर्गलोक में हल्की हवा चली, और सब देवताओं ने यह समझा कि पृथ्वी पर प्रेम और भक्ति का नया अध्याय शुरू हो चुका है।

गोपालग्राम में अब प्रेम, तपस्या और दिव्यता का अद्‌भुत संगम स्थायी रूप ले चुका था।

अध्याय 7 : इंद्र की चाल और अप्सराओं का संस्वेदनात्मक रोमांच

दिव्य नृत्य और संवेदनाओं का जादू

स्वर्गलोक में इंद्र ने देखा कि गोपाल, बावन भैरवों की सिद्धि और श्री विद्या के धनी बनकर, अब सर्वांगीण आकर्षण और दिव्यता के प्रतीक बन चुके थे। उनकी महिमा और सौंदर्य से स्वर्ग के राजसी वातावरण में भी असंतुलन पैदा हो सकता था।

इंद्र ने अपनी राजनीतिक और कुटनीतिक बुद्धि का उपयोग करते हुए योजना बनाई। अबकी बार उन्होंने अन्य अप्सराओं को चुना — स्वर्ग के सबसे सुन्दर, आकर्षक और काम-कला में निपुण अप्सराएं। उनका उद्देश्य स्पष्ट था: गोपाल के साथ उनका संगम कराकर स्वर्गीय संतुलन बनाए रखना और स्वयं की स्थिति मजबूत करना।

यह बात समझने लायक है कि गोपाल की आँखों में केवल संसार का दृश्य नहीं, बल्कि अनंत चेतना और भव्यता का प्रतिबिंब झलकता था। बावन भैरवों की सिद्धि और श्री विद्या के धनी बनकर, उनके हृदय में एक रहस्यमयी शक्ति और आकर्षण उत्पन्न हुआ था, जो न केवल भौतिक जगत को बल्कि दिव्य लोकों को भी आह्वान करता था।

अप्सराओं का आगमन उस रात हुआ जब गगन शांत, चंद्रमा की रोशनी से स्वर्णिम हो रहा था। प्रत्येक नक्षत्र मानो एक मायावी संगीत की धारा बहा रहा था। उसी बेला में स्वर्गीय अप्सराओं की उपस्थिति, हवा में एक हल्की-सी कंपन और मधुर इत्र की सुगंध के साथ अपनी उपस्तिथि की छटा को धीरे-धीरे बिखेरना शुरू कर दिया। चंद्रमा अपने पूर्ण रूप में था और नक्षत्रों की चमक सारा आकाश में सोने की तरह दमक रही थी। अब इस जादुई रात्रि ने गगन में चंद्रमा की चांदनी, नक्षत्रों की झिलमिलाहट और स्वर्गीय महलों की हल्की रोशनी में अप्सराएं धीरे-धीरे प्रकट हुईं। उनके नयन, हँसी और चाल में ऐसा जादू था कि पृथ्वी और स्वर्ग का अंतर पिघल सा गया।

रात्रि का चाँद आकाश में पूर्णिमा की तरह चमक रहा था। हर ओर शीतल हवा, फूलों की खुशबू और संगीत की हल्की लहरें घुली हुई थीं। इस मदहोशी से भरे माहौल में अप्सराएं ऐसे प्रकट हुईं — जैसे स्वप्न से उतरी कोई दिव्य लहर, उनकी चाल में मोहक लय और दृष्टि में एक शांत, लेकिन उत्सुक आभा। गोपाल ने उन्हें पहली बार देखा और उनका हृदय एक अनजाने रोमांच और शांति के संगम में बह गया। अप्सराओं ने धीरे-धीरे नृत्य आरंभ किया, उनके कदम जैसे चंद्रकिरण पर पड़ते हुए संगीत बन गए, और हर हल्की मुस्कान हवा में सुगंध और तरंगें

छोड़ती हुई महसूस हो रही थी। अप्सराये नृत्य करती हुई, अपने जादुई सौंदर्य और मोहक भावों के साथ गोपाल के सामने एक के बाद एक प्रकट होती गई। उनकी चाल, उनके स्वर, और उनकी चमक गोपाल के हृदय को उभारने वाली थी। उनके दृष्टि का पहला मिलन, केवल आँखों का संपर्क, गोपाल के हृदय में एक अज्ञात रोमांच और शांति का संचार कर गया।

गोपाल ने उनका स्वागत करते हुए देखा कि यह केवल सौंदर्य नहीं, बल्कि एक दिव्य आमंत्रण है — जिसमें प्रेम, मोह और आनंद के सभी पहलू शामिल हैं। अप्सराओं की आँखों में मोह और उत्सुकता की चमक थी। उनका प्रत्येक स्पर्श — केवल हल्का, नाजुक, और भावपूर्ण — गोपाल के हृदय में कंपन और रोमांच पैदा कर रहा था। जैसे ही वे उनके पास आईं, समय धीमा हो गया, और हवा में सुगंध, संगीत और अनकहे शब्दों की ऊर्जा घुल गई।

अप्सराओं की चालें मानो हवा में लहराती हुई संगीत की तरंग बन गईं। उनका प्रत्येक स्पर्श, हल्की हँसी, और नयनाभिलाष गोपाल के हृदय में कंपन और रोमांच पैदा करता रहा और उन्हें प्रेम और भोग के संसार में ले जा रहा था। अपसराओ की दृष्टियाँ और मुस्कान संवाद की भाषा बन गई, जहाँ शब्दों की आवश्यकता ही नहीं थी। हर हल्का स्पर्श, हर मुस्कान, हर नज़र का अदृश्य नृत्य कृष्ण के भीतर गहरा रोमांच और आनंद की लहरें पैदा कर रहा था। अप्सराओं की दृष्टि में न केवल कामुकता थी, बल्कि उनकी चाल और हँसी में चुनौती और रोमांच भी झलक रहा था।

गोपाल उन्हें एक टक देखते रहे और उनका हृदय एक अनजाने रोमांच और शांति के संगम में बह गया। अप्सराओं ने धीरे-धीरे नृत्य आरंभ किया, उनके कदम जैसे चंद्रकिरण पर पड़ते हुए संगीत बन गए, और हर हल्की मुस्कान हवा में सुगंध और तरंगें छोड़ती हुई महसूस हो रही थी।

अप्सराओं ने उनके चारों ओर स्वर्गीय घेरे बनाये, और उनका हर हल्का झुकाव, नृत्य और हँसी का पल अदृश्य ऊर्जा की तरंगों में बदल गया। गोपाल ने महसूस किया कि प्रेम और रोमांच केवल भौतिक नहीं, बल्कि भावनात्मक और मानसिक स्तर पर भी एक गहन ऊर्जा प्रवाह उत्पन्न करता है।

“गोपाल ...।” एक अप्सरा ने धीरे, स्वर में गूंजते हुए कहा। उसका स्वर मन के अंदर की गहराई तक पहुँचा, बिना शब्दों के ही संवाद स्थापित कर दिया।

गोपाल मुस्कुराए — उनकी आँखों में उत्सुकता और अनुराग की चमक थी। उनका दृष्टि और हृदय का मिलन जैसे हवा में तरंगित हो गया।

"गोपाल... तुम्हारी दृष्टि ही हमारे लिए मार्गदर्शन है," एक अप्सरा ने कान में इतना ही कहा, उसकी आवाज़ जैसे मन के भीतर गूंजती हुई संगीत-तरंग बन गई।

गोपाल मुस्कुराए। उनकी दृष्टि और हल्की मुस्कान ने एक अदृश्य ऊर्जा का नृत्य आरंभ कर दिया। अप्सराओं का हल्का झुकाव, उनका नृत्य, और मधुर हँसी इस अनुभव को स्वर्गीय संवेदनाओं का उत्सव बना रही थी। हर हल्का स्पर्श, हल्की मुस्कान और दृष्टि का संपर्क अदृश्य ऊर्जा की लहरें बन गया। अप्सराओं की नाजुक चेष्टाएँ और धीरे-धीरे उनका नृत्य गोपाल के चारों ओर एक स्वर्गीय घेरे की अनुभूति पैदा कर रहा था।

एक पल ऐसा आया जब अप्सराओं ने अपनी दृष्टि से गोपाल को आमंत्रित कर ही दिया। बस फिर क्या था, गोपाल ने धीरे-धीरे उनकी ओर बढ़ते हुए भावनात्मक और मनोवैज्ञानिक ऊर्जा का अनुभव किया। यह अनुभव सिर्फ रोमांच नहीं, बल्कि संवेदनाओं की गहराई और मानसिक तालमेल भी था।

गोपाल ने उन्हें गले से लगाया, उनकी लहराती वासनाओं को महसूस किया, और उनके संगम में अपसराओ ने अपने सौंदर्य, शक्ति, काम-कलाओं और आनंद की पूर्ण अभिव्यक्ति की। प्रत्येक स्पर्श, प्रत्येक चुंबन, और प्रत्येक आलिंगन में मानव और दिव्य रोमांच का मिलन था।

हर हल्का स्पर्श, हर नज़रों का मिलन, और हर मुस्कान मन, हृदय और चेतना के स्तर पर आनंद और रोमांच की अनुभूति उत्पन्न कर रहा था। यह केवल भौतिक रोमांच नहीं था, बल्कि आंतरिक ऊर्जा और संवेदनाओं का दिव्य मिलन।

गोपाल ने महसूस किया कि यह केवल भौतिक स्पर्श नहीं था — हर हल्का इशारा और हर मुस्कान मन, हृदय और आत्मा की संवेदनाओं को जगा रहा था।

- अप्सराओं का हँसना जैसे चुपचाप गगन में गूँजता हुआ संगीत बनता गया।
- उनकी चाल, हल्की झुकाव, मुद्रा, हवा में सुगंध और संगीत की तरंगें उत्पन्न करती रही।
- उनका दृष्टि मिलना, हल्का हँसना, और छोटे-छोटे इशारे मन में तरंग पैदा करते थे।
- अप्सराओं के हर नृत्य और मुद्रा में भावनाओं की गहराई और संवेदनाओं का संगीत था।

- गोपाल की दृष्टि, मुस्कान और हल्का हाथ का स्पर्श इस अनुभव को समग्र संतुलन और हृदयस्पर्शी आनंद में बदल रहे थे।

अप्सराओं ने नृत्य और हँसी के साथ उनके चारों ओर फिर से एक नए जादुई घेरे अपसरा कवच का निर्माण किया, जो केवल रोमांच और आनंद की गूँज से भरा था। गोपाल और अप्सराओं के बीच हर आलिंगन, हृदय की धड़कन और हल्का स्पर्श मानो स्वर्गीय संगीत के सुर में बदल गया।

उनकी बातचीत और दृष्टियाँ केवल शब्दों की नहीं थीं — बल्कि भावों, मौन संकेतों और प्रेम के इशारों की भाषा थी। गोपाल ने हर संयोग, हर मुस्कान, हर हल्की टकसाल में अप्सराओं की आत्मीयता और दिव्यता को महसूस किया।

रात्रि के मध्य तक, यह संगम मन, हृदय और आत्मा का रोमांचक मिलन तथा सभी संवेदनाओं और भावनाओं का रमणीय खेल बन गया। गोपाल ने देखा कि कैसे स्वर्गीय चाल, भोग और रोमांच एक पूर्ण आनंदमयी ऊर्जा में बदल जाती है। अप्सराओं ने अपनी मायावी मुस्कान और आकर्षक दृष्टि के साथ यह पीछे दिया कि प्रेम और रोमांच केवल शारीरिक नहीं, बल्कि भावनात्मक, मानसिक और दिव्य स्तर पर अनुभव किया जा सकता है।

इस भोग ने गोपाल को न केवल कामुक आनंद दिया, बल्कि उन्हें यह भी दिखाया कि कैसे स्वर्ग की चाल, राजनीति और खेल जीवन में रोमांच और इच्छाओं को एक साथ ला सकती है। अप्सराओं की गर्मी और मोहकता में उन्होंने स्वयं की इच्छाओं का स्वतंत्र अनुभव किया, और यह रात बन गई स्वर्गीय खेल, प्रेम और सजीवता का प्रतीक।

गोपाल ने महसूस किया कि यह रात केवल भोग की नहीं थी, बल्कि संवेदनाओं और भावनाओं की खुली पुस्तक थी। जब उनकी दृष्टि अप्सराओं की आँखों में पड़ी, तो वहाँ अनंत खेल और रोमांच की चमक थी। उन्होंने उनके हाथ को थामा, और प्रत्येक स्पर्श में आत्मिक ताल और प्रेम का संयोग महसूस किया। गोपाल और अप्सराओं के बीच की हर दृष्टि, हर मुस्कान और हर हल्की नज़र का अनंत रोमांच और आनंद उनके हृदय और चेतना में अमिट स्मृति छोड़ गया।

रात्रि के अंतिम पहर में, अप्सराओं ने अपनी मायावी स्मित और ललचाते नयन के साथ गोपाल को छोड़ना प्रारम्भ कर दिया। गोपाल ने महसूस किया कि यह केवल प्रेम और भोग की रात

नहीं थी, बल्कि स्वर्गीय चाल और मानवीय वासनाओं का अद्भुत संगम था, जिसने उन्हें अभी तक अनुभव नहीं हुई भावनाओं और आनंद की गहराई से परिचित कराया।

सुबह की पहली किरण आई, और अप्सराएं धीरे-धीरे गायब हुईं। पर गोपाल ने महसूस किया कि उनके भीतर का रोमांच और आनंद स्थायी रूप से जीवित रहा। यह अनुभव भौतिक नहीं, बल्कि चेतना और भावनाओं का दिव्य प्रतिबिंब बन गया। सूरज की लालिमा बढ़ने के साथ-साथ, अप्सराएं धीरे-धीरे गायब तो होती गईं, परंतु गोपाल ने महसूस किया कि उनके हृदय और चेतना में एक अमर रोमांच और आनंद की गूँज रह गई है। यह रात बन गई स्वर्गीय खेल और प्रेम के अत्यधिक रोमांच का प्रतीक, जिसमें प्रत्येक स्पर्श, मुस्कान और आलिंगन एक अमिट स्मृति और ऊर्जा का अवशेष छोड़ गया।

गोपाल ने अपनी आत्मा में यह समझ लिया कि यह केवल प्रेम और संवेदनाओं का खेल नहीं, बल्कि मानसिक और भावनात्मक ऊर्जा का दिव्य नृत्य है। हर स्पर्श और हर मुस्कान ने उनके अंतरतम हृदय में स्थायी छाप छोड़ी।

अध्याय 8: – इंद्र के चक्रव्यूह का और मजबूत बनना

अपसरा लोक का दिव्य अनुभव और प्रेम का उजागर

चाँदनी रात फिर से आई, रात्रि के अंधकार में अपसरा लोक का स्वर्णिम प्रकाश जैसे सितारों की बूँदों में बिखरा हुआ हो। हर कोने में हल्की सुगंध, नाजुक फूलों की खुशबू, और संगीत की अलौकिक लहरें वातावरण को जादुई बना रही थीं। गोपाल के हृदय में पूर्व अनुभवों की मधुर झिलमिलाहट गूंज रही थी। पिछली रात के रोमांच ने उनके भीतर छिपी हुई भावनाओं और प्रेम की गहराई को जगाया। अप्सराओं का नृत्य और उनके दृष्टि-मिलन ने अब गोपाल के हृदय के हर कोने को छू लिया था।

उस रात, अपसराओं ने उन्हें स्वर्ग लोक के समीप ही स्थित गन्धर्व लोक के अधीन एक दिव्य रस-सौदर्य और परिपूर्णता से युक्त अद्भुत “अपसरा लोक” की दिव्य छटा में प्रवेश कराया। जिसके बारे पृथ्वी लोक के वासियों को आज तक भी भान नहीं था। जहाँ हर ओर मन को उद्वलित कर देने वाले संगीत, मदहोश कर देने वाली कामुक सुगंध और सौदर्य लहरी प्रकाश की किरण अपने तात्विक रूपों में उपस्थित थीं, जो आत्मा के आनंद और प्रेम की अनुभूति को बढ़ा रही थीं।

गोपाल धीरे-धीरे उस लोक में कदम रखे। जैसे ही उन्होंने कदम रखा, अपसराएँ उनके चारों ओर नृत्य करने लगीं — हर नृत्य कदम, हर झूमता हाथ, हर मुस्कान, और दृष्टि का मिलन गोपाल के हृदय में छुपी प्रेम-ऊर्जा को जगाने लगा।

एक अप्सरा, जिसकी दृष्टि में चंचलता, मृदु हास्य और मनोविनोद का दिव्य मिश्रण था, गोपाल के बेहद क़रीब आई और बोली: "गोपाल श्री, *तुम्हारे भीतर छुपा यह प्रेम और आनंद केवल तुम्हारा नहीं है। इसे महसूस करना, इसे स्वीकार करना— यही तुम्हारे हृदय की स्वतंत्रता है।"*

गोपाल ने अपने हृदय की गहराई से उत्तर दिया:

"मैं अनुभव कर रहा हूँ कि यह आनंद केवल मेरे लिए नहीं, बल्कि इस लोक के समस्त जीवन, समस्त चेतना का उत्सव है।"

और तभी वातावरण में हल्की ध्वनि की लहरें, जैसे सरसों के फूलों की चमकती पंखुड़ियाँ, फैल गईं। प्रत्येक सुर और ताल के साथ, गोपाल का हृदय और अधिक प्रफुल्लित होने लगा।

- संगीत जैसे उनके उनके अंग और भीतर की भावनाओं को मृदुता और शक्ति से सहारा दे रहा था।
- प्रकाश हर भाव, हर स्मृति, और हर हृदयस्पर्शी अनुभूति को चमका रहा था।
- नृत्य और ताल अपसराओं के उत्साह और दिव्यता के साथ गोपाल की चेतना में मादकता प्रवाहित कर रहे थे।

गोपाल ने महसूस किया कि यह अनुभव केवल आँखों और शरीर का नहीं, बल्कि मन और हृदय का रोमांच है, जो लंबे समय से उनके भीतर दबी हुए अंतरंग अलबेली भावनाओं को उजागर कर रहा था। जैसे-जैसे नृत्य आगे बढ़ रहा था, उनका मन और हृदय अपार सुख, करुणा, प्रेम और आनन्द से भाव विभोर होता जा रहा था।

अब ये अप्सराएं गोपाल को अपसरा लोक में गुप्त स्थान पर अपने निजी मंडल में ले गई। यहाँ आज प्रेम संबंधो का खेल अपने चरम पर पहुचने वाला था। यहाँ उनके नृत्य, मुस्कान और हल्की मुस्कराहट के साथ, गोपाल के भीतर छिपे प्रेम, लगाव और संवेदनाओं को धीरे-धीरे जागृत करना प्रारम्भ कर दिया। प्रत्येक हल्की स्पर्श या दृष्टि का मिलन मन में तरंग और आनंद उत्पन्न कर रहा था, जैसे छिपे हुए भावों का प्रकाश धीरे-धीरे प्रकट हो रहा हो।

अपसरा लोक की यह रात्रि एक सजीव कविता बन गई थी।

- हर मुस्कान, हर दृष्टि, हर हल्का स्पर्श — जैसे गोपाल के भीतर छिपी संवेदनाओं को मुक्त कर रहा हो।
- गोपाल ने अपने हृदय की गहराई में महसूस किया कि यह अनुभव केवल सहानुभूति और प्रेम का उद्घाटन नहीं, बल्कि एक दिव्य चेतना का उदय है।

एक अप्सरा ने धीरे से कहा,

"यह केवल आनंद नहीं, यह तुम्हारे भीतर की ऊर्जा का प्रकाश है। इसे स्वीकार करना तुम्हें सशक्त बनाता है।"

गोपाल ने अपने हृदय को पूरी तरह खोल दिया। वह अब शुद्ध आनंद, प्रेम और दिव्यता के अनुभव में विलीन हो गए। उनके भीतर पूर्व में दबे प्रेम, संवेदनाएँ, करुणा और हृदय की गहराई — सभी उजागर हो गईं। अब यह स्थान गोपाल को कुछ जाना पहचाना सा लगने लगा

था। मानो इस स्थान से उनका पहले भी कभी कोई नाता रहा हो। जैसे वह अक्सर इस स्थान पर आता जाता रहा हो।

रात्रि की गहराई में, गोपाल ने अनुभव किया कि भावनाओं का यह दिव्य खेल केवल sensuality का नहीं, बल्कि प्रेम, आत्मीयता और हृदय-संवेदनाओं का उच्चतम आनंद है। अप्सराओं के संग हर नृत्य, मुस्कान और दृष्टि का मिलन उनके भीतर के प्रेम, करुणा और दिव्यता को प्रकट कर रहा था।

रात्रि के मध्य में, अपसराओं ने नृत्य और संगीत के माध्यम से गोपाल को अपने हृदय और आत्मा के स्तर पर दिव्यता के साथ जोड़ दिया।

- उनके अनुभव में अब सिर्फ व्यक्तिगत आनंद नहीं, बल्कि समग्र चेतना का विस्तार और संतुलन शामिल था।
- यह अनुभव उन्हें मन, हृदय और आत्मा के स्तर पर पूर्ण रूप से मुक्त और जागृत कर गया।

अगली रात्रि, फिर से वही रमणीय खेल शुरू हुआ। इस बार गोपाल को स्थूल शरीर के साथ पूर्णतः अपसरा लोक में ले जाया गया, जहाँ और अधिक अप्सराएँ उनके चारों ओर थीं। वहाँ का वातावरण संगीत, प्रकाश, सुगंध और हल्की हवाओं की लय में घुला हुआ था। हर अप्सरा का हल्का इशारा, नृत्य और दृष्टि का मिलन गोपाल के भीतर पूर्व छिपी संवेदनाओं और भावनाओं को उजागर कर रहा था।

गोपाल ने सहज रूप से इस अनुभव को स्वीकार किया। उनका हृदय और मन पूर्णतः खुला, प्रेम और आनंद से परिपूर्ण था। यह अनुभव भावनाओं, मानसिक आनंद और दिव्यता का संगम था, जो उनके भीतर स्थायी रूप से उतर गया। प्रत्येक अप्सरा का नृत्य, मुस्कान और दृष्टि गोपाल के भीतर के प्रेम, संवेदनशीलता और आत्मा के प्रकाश को बढ़ा रही थी। हर एक अप्सरा के भोग से कुछ यादे मानो दिल और दिमाग घुलती जा रही थी। सब कुछ नया होते हुए भी पुराने भावो का अजीब सा अहसास दिला रहा था। यें अनुभव एक ऐसी रहस्यमयी पहेली बनते जा रहे थे जिन्हें खोजना अब आवश्यक ही नहीं, बल्कि मानो अंतिम सत्य को जानने की अभिलाषा बन गया था।

अध्याय 9: भोग श्रेणी की अप्सराओं की खुली प्रतिस्पर्धा और गोपाल का निर्विकार अनुभव

अपसरा लोक की अगली रात्रि और भी अधिक आलोकित और गहन हो गई थी। आज यहाँ सिर्फ भोग श्रेणी की अप्सराएँ ही उपस्थित थीं — वे अप्सराएँ जिनका स्वरूप और उद्देश्य साधक या देवताओं के आनंद, मानसिक शांति और इंद्रियों की तृप्ति से जुड़ा हुआ था।

9.1भोग श्रेणी की अप्सराओं का स्वरूप

जैसा कि नाम से स्पष्ट है, 'भोग' का अर्थ है उपभोग, आनंद और अनुभव। ये अप्सराएँ:

- अत्यंत कोमल और चंचल थीं,
- सदैव प्रसन्न और आनंदमय,
- इनका कार्य साधक या देवताओं को मानसिक तनाव से मुक्त करना और उन्हें आनंद (Bliss) प्रदान करना होता है।
- अपने सुगंधित उद्यानों, जल-कुंडों और पुष्पों से सुसज्जित वास के साथ प्रतीकात्मक रूप से प्रस्तुत थीं।

उनका कार्य केवल मनोरंजन नहीं, बल्कि साधक के हृदय और चेतना को उच्चतर अनुभवों के लिए खोलना था।

यहाँ तक पहुचने पर साधको के मन में उठ रहे कई सवालों पर पहले सामान्य चर्चा कर लेते हैं, फिर हम मूल कथा पर लौटेंगे। ताकि प्रसंग और कथानक की स्पष्टता बनती रहे।

9.2क्या अप्सराएँ संभोग कर सकती हैं?

तंत्र शास्त्र और प्राचीन कथाओं — जैसे विश्वामित्र और मेनका तथा Pururavas–Urvashi — के अनुसार इसका उत्तर 'हाँ' बताया गया है, किंतु इससे पहले इसके "स्वरूप" को समझना आवश्यक है।

9.2.1 तंत्र शास्त्र में "प्रत्यक्षीकरण" की अवधारणा

तंत्र शास्त्र और पुराणों के गोपनीय पक्षों के अनुसार, इसका उत्तर 'हाँ' माना गया है, लेकिन यह साधना की सबसे उच्च और कठिन अवस्था कही जाती है, जिसे "प्रत्यक्षीकरण" कहा जाता है।

* स्थूल बनाम सूक्ष्म (Physical vs Astral)

अप्सराएँ ‘रक्त-मांस’ की बनी मानव स्त्रियाँ नहीं मानी जातीं। वे ‘वायु’ और ‘तेज’ तत्व से निर्मित दिव्य स्वरूप की कही गई हैं। इसलिए उनके साथ होने वाला संबंध शारीरिक से अधिक सूक्ष्म (आस्ट्रल/मानसिक) स्तर का माना गया है।

सूक्ष्म स्वरुप में प्रत्यक्षीकरण

साधना में जब अप्सरा सिद्ध होती है, तो वह साधक के साथ तीन रूपों में संबंध स्थापित कर सकती है:

- माता: जो केवल वरदान और स्नेह देती है।
- बहन: जो सुरक्षा और सहायता करती है।
- प्रेमिका/पत्नी: इसी रूप में ‘भोग’ और प्रेम संबंध की अवधारणा आती है।

तांत्रिक दृष्टिकोण: तंत्र के अनुसार जब साधक की ऊर्जा (कुंडलिनी) जागृत होती है, तो उसे अत्यंत उच्च कोटि का आनंद अनुभव होता है। अप्सरा के साथ “भोग” को अक्सर उसी दिव्य आनंद (Divine Bliss) का प्रतीक माना गया है। आगे के अध्यायों में इसके बारे में अति गहन चर्चाएँ की जाएगी।

---

* स्थूल शरीर में आगमन (Physical Manifestation)

कुछ तांत्रिक ग्रंथों — जैसे Uddamarsh Tantra तथा Apsara Sadhana Kalpa — में वर्णन मिलता है कि जब मंत्र-शक्ति और साधक का संकल्प अपनी चरम सीमा पर पहुँचता है, तब दिव्य ऊर्जा ‘सूक्ष्म’ (Astral) से ‘स्थूल’ (Physical) रूप धारण कर सकती है।

- तत्व परिवर्तन: अप्सराएँ वायु और तेज तत्व से निर्मित मानी जाती हैं, किंतु सिद्धि के पश्चात वे मानव-सदृश स्पर्श और स्वरूप ग्रहण कर सकती हैं।
- साधक का अनुभव: इस अवस्था में साधक को स्पर्श, सुगंध और संवेदनाएँ वास्तविक प्रतीत होती हैं।

* प्रेमिका रूप में भोग

अप्सरा साधना में प्रारंभ में ही साधक से पूछा जाता है कि वह किस 'भाव' (Relation) में सिद्धि चाहता है। यदि वह "प्रेमिका" या "भार्या" (पत्नी) रूप का चयन करता है, तो:

- समर्पण: अप्सरा साधक के प्रति पूर्ण समर्पित मानी जाती है और उसे विविध प्रकार का सुख, आनन्द प्रदान करती है।
- 'विचित्रता' (Uniqueness in Experience): तांत्रिक वर्णनों में कहा गया है कि अप्सराओं के साथ संबंध मानवीय संबंधों से भिन्न होता है।
    - ✓ विचित्र रूप: वे प्रत्येक बार नया रूप, नई सुगंध और नया वातावरण रचने की क्षमता रखती हैं — ऐसा वर्णन मिलता है।
    - ✓ मानसिक सामंजस्य: वे साधक की गहरी इच्छाओं को समझकर उन्हें पूर्ण करती हैं, किंतु बदले में पूर्ण समर्पण की अपेक्षा रखती हैं।

---

* इसके पीछे की कठिन शर्तें (The Risks)

प्रत्यक्ष रूप में ऐसी सिद्धि सुनने में आकर्षक लग सकती है, किंतु इसके नियम अत्यंत कठोर बताए गए हैं:

- गोपनीयता: यदि साधक इस संबंध का उल्लेख किसी तीसरे व्यक्ति से करता है, तो सिद्धि के लुप्त हो जाने की मान्यता है।
- मन की दृढ़ता: यदि साधक के मन में घृणा या भय उत्पन्न हो जाए, तो मानसिक असंतुलन का खतरा बताया गया है।
- सांसारिक जीवन पर प्रभाव: ऐसी सिद्धि के बाद सांसारिक संबंधों के प्रति आकर्षण कम हो जाने की धारणा मिलती है, जो पारिवारिक जीवन के लिए चुनौती बन सकती है।
- कई लोग इसे भ्रांति (Hallucination) मानते हैं, जबकि तांत्रिक परंपरा इसे एक 'उच्चतर वास्तविकता' के रूप में देखती है।

9.3अप्सरा प्रत्यक्षीकरण हेतु अनुशासन (अनुशासन का मार्ग)

अप्सरा प्रत्यक्षीकरण और “प्रेमिका” रूप में सिद्धि प्राप्त करने के लिए साधक को अत्यंत कठोर अनुशासन का पालन करना बताया गया है। यह कोई सामान्य पूजा नहीं, बल्कि अपने शरीर और मन को एक “पात्र” बनाने की प्रक्रिया मानी गई है, जो उस दिव्य ऊर्जा को धारण कर सके।

इसके मुख्य नियम निम्न प्रकार वर्णित हैं:

---

1. अखंड ब्रह्मचर्य (Celibacy)

प्रत्यक्ष सिद्धि के लिए प्रथम शर्त ब्रह्मचर्य मानी गई है।

- तर्क: जब साधक अप्सरा को “प्रेमिका” रूप में आमंत्रित करता है, तो उसे अपनी संपूर्ण “वीर्य शक्ति” (Vital Energy) का संरक्षण करना होता है।
- यदि साधक सांसारिक स्त्रियों के प्रति आसक्त रहता है, तो सिद्धि निष्फल हो सकती है — ऐसी मान्यता मिलती है।

---

2. शौच और शुद्धता (Physical & Mental Purity)

अप्सराएँ स्वच्छता-प्रिय मानी गई हैं।

- शारीरिक शुद्धता: दैनिक स्नान, स्वच्छ (अक्सर सफेद या गुलाबी) वस्त्र, तथा इत्र की सुगंध का प्रयोग।
- मानसिक शुद्धता: काम, क्रोध और मोह पर नियंत्रण। साधना के दौरान साधक को “स्थितप्रज्ञ” (संतुलित चित्त) रहने का निर्देश दिया जाता है।

---

3. 'वज्र' जैसा शरीर (Physical Strength)

दिव्य ऊर्जा का अनुभव तीव्र बताया गया है, अतः शरीर का सुदृढ़ होना आवश्यक माना गया है।

- प्राणायाम: 'नाड़ी शोधन' और 'कुंभक' प्राणायाम के माध्यम से श्वास-नियंत्रण, ताकि ऊर्जा-अनुभव के समय संतुलन बना रहे।
- आहार: सात्त्विक भोजन (फल, दूध आदि) ग्रहण करना; तामसिक पदार्थ (मांस, मदिरा, प्याज-लहसुन) से परहेज।

---

4. समय और स्थान का अनुशासन

- एकांतवास: साधना-काल में मौन-व्रत और सीमित सामाजिक संपर्क।
- निश्चित समय: प्रतिदिन एक ही समय (अक्सर मध्यरात्रि) साधना करना; नियमितता को अत्यंत महत्वपूर्ण माना गया है।

---

5. परीक्षाएँ (भय और वासना की परीक्षा)

मान्यता है कि सिद्धि के निकट आने पर साधक की परीक्षा होती है:

- भय: विचित्र ध्वनियाँ या दृश्य अनुभव हो सकते हैं। साधक को स्थिर रहना आवश्यक बताया गया है।
- वासना: अप्सरा के आकर्षक रूप का वर्णन मिलता है; किंतु साधक को मंत्र और ध्यान से विचलित न होने की सीख दी जाती है।

9.4 प्रत्यक्षीकरण के बाद के नियम

यदि सिद्धि प्राप्त हो जाए, तो निम्न बातों का पालन करने का उल्लेख मिलता है:

- गोपनीयता: अनुभव को सार्वजनिक न करना।
- सम्मान: अप्सरा को "दिव्य शक्ति" के रूप में मानना, न कि अधीन मानकर व्यवहार करना।
- वचन-पालन: लिए गए संकल्पों या वचनों का पालन करना अनिवार्य बताया गया है।
- यह मार्ग अत्यंत आकर्षक किंतु उतना ही कठिन और जोखिमपूर्ण बताया गया है। पारंपरिक मान्यता के अनुसार, साधक हज़ारो वर्षों की कठोर तपस्या के संचित तपोबल, गुरु-सेवा और आत्मसंयम का अभ्यास से साधक का अप्सरा प्रत्यक्षीकरण का पात्र बन पाता है।

9.5. अप्सरा साधना के पक्ष (Pros and Cons)

पक्ष	विवरण
सुख (Pleasure)	साधक को जीवन में विभिन्न प्रकार के भौतिक और कामुक सुखों की प्राप्ति का अनुभव बताया गया है।
युवा अवस्था	मान्यता है कि अप्सरा की कृपा से साधक का शरीर लंबे समय तक युवा और ऊर्जावान बना रह सकता है।
खतरा (Risk)	यदि साधक का मन दुर्बल हो या वह केवल वासना के वश में हो, तो मानसिक असंतुलन या शक्ति-क्षय का खतरा बताया गया है।

9.6 एक जरूरी सच्चाई (The Core Reality)

तांत्रिक ग्रंथों में वर्णित है कि अप्सरा के साथ संबंध का वास्तविक अर्थ वासना की तृप्ति नहीं, बल्कि वासना का विसर्जन है।

- जब साधक उस उच्च कोटि के सौंदर्य और आनंद का अनुभव कर लेता है, तो सांसारिक वस्तुएँ उसे फीकी प्रतीत होने लगती हैं।
- किंतु आधुनिक समय में इसे अक्सर गलत रूप में प्रस्तुत किया जाता है। परंपरागत व्याख्या के अनुसार, यह एक "ऊर्जा विनिमय" (Energy Exchange) है, जिसमें साधक की ऊर्जा और अप्सरा की दिव्य ऊर्जा का संगम होता है।

---

* चेतावनी (Caution)

किसी सिद्ध गुरु के मार्गदर्शन के बिना "भोग" या "प्रेमिका" रूप में अप्सरा साधना करना मनोवैज्ञानिक दृष्टि से जोखिमपूर्ण माना गया है। इससे व्यक्ति वास्तविकता से कट सकता है और भ्रांतियों (Hallucinations) का शिकार हो सकता है।

✓ ऊर्जा का पतन (The Risk of Energy Drain)

अप्सराओं से संबंधित यह अवधारणा जितनी आकर्षक कही गई है, उतनी ही अनुशासन (Discipline) की अपेक्षा भी रखती है। यह ऊर्जा तभी रचनात्मक (Constructive) मानी जाती है, जब साधक मन पर नियंत्रण और संतुलन बनाए रखे। यह आदान-प्रदान तब तक लाभकारी माना गया है जब तक साधक "द्रष्टा" (Observer) और स्थितप्रज्ञ बना रहता है।

- यदि साधक वासना (Lust) में डूब जाए, तो उसकी ऊर्जा (ओजस) क्षीण होने की आशंका बताई गई है।
- इससे शारीरिक दुर्बलता और मानसिक चिड़चिड़ापन उत्पन्न हो सकता है। इसलिए तंत्र में "अखण्ड ब्रह्मचर्य" "संयम" और "मन की शांति" पर विशेष बल दिया गया है।

9.7. तंत्र में "एनर्जी एक्सचेंज" (ऊर्जा का आदान-प्रदान) के सिद्धांत विस्तार से गहन चर्चा

तंत्र और गोपनीय विद्याओं में "ऊर्जा का आदान-प्रदान" सबसे महत्वपूर्ण सिद्धांत माना गया है। जब हम अप्सरा साधना में "भोग" या "प्रेम संबंधो" की बात करते हैं, तो यह स्थूल शरीर (Physical Body) का मिलन नहीं, बल्कि दो ऊर्जा-पुंजों (Energy Fields) का एक होना माना जाता है। अप्सरा साधना में होने वाला "एनर्जी एक्सचेंज" केवल कल्पना नहीं, बल्कि एक गहरा अनुभव माना गया है, जो साधक के शरीर और मन को व्यापक रूप से प्रभावित करता है।

✓ अप्सराएँ: आनंद की स्रोत और ऊर्जा-गतिशीलता

तंत्र और पुराणिक कथाओं के गूढ़ (Esoteric) पक्षों के अनुसार, अप्सराओं को "आनंद की स्रोत" माना गया है। जब "भोग" या "प्रेमिका" रूप में सिद्धि का वर्णन मिलता है, तो यह संबंध एकतरफा (One-sided) नहीं माना जाता।

✓ स्वातंत्र्य और इच्छा (Autonomy of Desires)

अप्सराएँ किसी की मनुष्य की 'दासी' नहीं मानी गई हैं। मिथकीय वर्णनों में उन्हें "स्वतंत्र-प्रकृति" कहा गया है।

- साधक की परीक्षा: वे तभी "भोग" का सुख प्रदान करती हैं, जब साधक उन्हें मानसिक और आत्मिक रूप से प्रभावित कर सके।
- उनकी कल्पना: उनकी मुख्य इच्छा ऐसे पुरुष की बताई गई है, जिसकी चेतना उच्च हो और जो उनके सौंदर्य को केवल वासना से नहीं, बल्कि कला और दिव्य-प्रेम की दृष्टि से देखे।

पहले इसे हम विस्तार से समझते हैं, उसके बाद हम मूल कथा पर वापिस लौटेंगे।

9.7.1. सूक्ष्म शरीर का मिलन (Astral Union)

मनुष्य के तीन शरीर बताए गए हैं:
स्थूल (Physical), सूक्ष्म (Astral), और कारण (Causal)।

- अप्सराएँ सूक्ष्म तत्व (वायु/आकाश) से निर्मित मानी जाती हैं।

- जब साधक मंत्र-जप और ध्यान द्वारा अपनी चेतना को ऊर्ध्वगामी करता है, तो उसका सूक्ष्म शरीर जाग्रत होने लगता है।
- इस अवस्था में जो मिलन कहा जाता है, वह इतना तीव्र अनुभव हो सकता है कि साधक को अपने शरीर में बिजली जैसी तरंगें (स्पंदन) महसूस होती हैं। इसे स्थूल स्पर्श से अधिक प्रभावशाली बताया गया है।
- स्वप्न-मिलन (Astral Meetings): प्रारंभिक चरण में यह अनुभव प्रायः गहरी नींद या ध्यानावस्था में होने का वर्णन मिलता है।
    - ✓ साधक को प्रतीत होता है कि वह किसी दिव्य स्थान पर है और वहाँ अप्सरा के साथ समय व्यतीत कर रहा है।
    - ✓ जागने के बाद भी स्पर्श या सुगंध की स्मृति बनी रह सकती है, जिसे साधक सामान्य स्वप्न से अलग अनुभव के रूप में देखता है।

9.7.2. चक्रों का संतुलन (Balancing of Chakras)

ऊर्जा आदान-प्रदान का मुख्य केंद्र हमारे चक्र माने जाते हैं।

- स्वाधिष्ठान चक्र: यह सृजन और कामना (Desire) का केंद्र माना जाता है। अप्सरा-ऊर्जा इस चक्र को परिष्कृत (Refine) करती है, ऐसा वर्णित है।
- अनाहत चक्र (हृदय): जब दिव्य ऊर्जा हृदय से जुड़ती है, तो प्रेम और करुणा (Compassion) की वृद्धि कही गई है।
- परिणाम: साधक अपनी "पशु-वृत्ति" (Animal Instincts) को "दिव्य-वृत्ति" (Divine Qualities) में रूपांतरित करता है।

9.7.3. 'रस' और 'तेज' का आदान-प्रदान

तंत्र में इसे "रस साधना" भी कहा गया है।

- साधक क्या देता है? अपनी श्रद्धा, मंत्र-शक्ति और मानसिक एकाग्रता (Focus) यानि संचित तपोबल समर्पित करता है। यदि अप्सरा इस तपोबल का भोग करके अपना

यौवन बरक़रार रख पाती है, साथ ही साधक के तपोबल का क्षरण करने में सक्षम हो जाती है, तो साधक की आध्यात्मिक प्रगति रुक जाती है और कभी कभार विपरीत दिशा में जाकर पूर्णत: लुप्त हो जाती है। अप्सरा के इस कार्य से खुश होकर इंद्र उस अप्सरा को इंद्र स्वर्ग लोक विशेष सम्मान से सम्मानित किया करते है।

- अप्सरा क्या देती है? अप्सरा भी बदले में अपना दिव्य 'तेज' (Radiance) प्रदान करने की मान्यता है। इसका प्रभाव चेहरे की आभा, वाणी की मधुरता और आयु-दीर्घता के रूप में वर्णित किया गया है।

- 'रस' का अनुभव (The Sensation of Nectar): तांत्रिक वर्णनों में कहा गया है कि जब मूलाधार की ऊर्जा सहस्रार चक्र (सिर के शीर्ष) से जुड़ती है, तो एक विशिष्ट 'रस' का अनुभव होता है। साधक को मुख में मधु का स्वाद (Nectar) जैसा अनुभव हो सकता है। इसे कोशिकाओं और जीवन-शक्ति के पुनरुत्थान (Rejuvenation) से जोड़ा गया है, जिससे वृद्धावस्था की गति धीमी होने की धारणा मिलती है।

9.7.4. शारीरिक (Physical) और मानसिक (Mental) परिवर्तन: जब साधक और अप्सरा की ऊर्जा का मिलन होता है, तो उसके शारीरिक (Physical) और मानसिक (Mental) परिवर्तन इस प्रकार वर्णित किए जाते हैं:

1. शारीरिक बदलाव (Physical Manifestations)

जब दिव्य ऊर्जा स्थूल शरीर में प्रवेश करती है, तो निम्नलिखित लक्षण बताए गए हैं:

- कंपन (Vibrations): रीढ़ की हड्डी (Spinal Cord) में ठंडी या गर्म लहर जैसा अनुभव। इसे कभी-कभी 'इलेक्ट्रिक करंट' जैसा भी कहा गया है।

- सुगंध (Divine Fragrance): बिना किसी इत्र के शरीर से विशिष्ट सुगंध (जैसे गुलाब, चंदन या चमेली) का अनुभव होना।

- सम्मोहन और सृजन (Magnetism and Creativity) तथा कांति (Glow):
आँखों में चमक और चेहरे पर 'तेज' का बढ़ना, जिससे लोग स्वाभाविक रूप से आकर्षित होते हैं। इस ऊर्जा-मिलन से साधक में एक अति आकर्षक चुम्बकीय व्यक्तित्व (Magnetic Personality) उत्पन्न होने का वर्णन मिलता है। कला, संगीत या

साहित्य से जुड़े लोगों को प्रेरणा (Inspiration) इसी प्रकार की सूक्ष्म ऊर्जा से मिलती है, ऐसा कहा जाता है।

कई कवि और कलाकारों के संदर्भ में यह धारणा मिलती है कि वे किसी दिव्य प्रेरक शक्ति से जुड़े होते हैं, जो उनके मन में नवीन विचार उत्पन्न करती है।

- अल्प-निद्रा (Less Sleep): नींद कम आना, किंतु थकान का अनुभव न होना; ऊर्जा-स्तर ऊँचा बने रहना।

---

2. मानसिक और भावनात्मक बदलाव (Mental & Emotional Changes)

ऊर्जा आदान-प्रदान का गहरा प्रभाव मन पर बताया गया है:

- परमानंद (Ecstasy): बिना किसी बाहरी कारण के गहरी प्रसन्नता का अनुभव। इसे सांसारिक सुखों से अधिक स्थायी और तीव्र बताया गया है।
- रचनात्मकता में वृद्धि (Creative Boost): कलाकार या साहित्यकार होने पर नए और अनोखे विचारों का प्रवाह।
- निडरता (Fearlessness): भय का क्षय और एक प्रकार का राजसिक आत्मविश्वास उत्पन्न होना।

9.7.5. वास्तविकता का सार

तांत्रिक दृष्टि में भोग केवल वासना का तृप्तिकरण नहीं, बल्कि ऊर्जा का दिव्य विनिमय है।

- साधक की तप ऊर्जा और अप्सरा की दिव्य ऊर्जा का संगम आंतरिक संतुलन और चेतनात्मक उन्नति का माध्यम बनता है।
- इस अनुभव से साधक को सांसारिक वस्तुएँ फीकी प्रतीत होने लगती हैं, और उनका मन उच्चतर आनंद और दिव्यता में केन्द्रित हो जाता है।

✓ अप्सरा के साथ "भोग" का वास्तविक अर्थ निम्न-शक्ति (Lower Energy) को उच्च-शक्ति (Higher Energy) में विलीन करना बताया गया है। इसे एक प्रकार का "परमानंद" (Ecstasy) कहा गया है, जो शरीर से अधिक आत्मिक निकटता से जुड़ा माना जाता है।

स्मरण रहे: ऐसे अनुभव तभी संभव बताए गए हैं जब साधक का मंत्र सिद्ध हो और उसका आभामंडल (Aura) शुद्ध एवं संतुलित हो, ताकि वह उस ऊर्जा को धारण कर सके।

9.7.6 प्रत्यक्ष अनुभव: क्या यह वास्तविक होता है?

अप्सराओं के संदर्भ में "कल्पना" का अर्थ केवल शारीरिक इच्छा नहीं, बल्कि "ऊर्जा का खेल" बताया गया है।

- इसे एक प्रकार की "लीला" (Divine Play) कहा गया है।
- उदाहरणस्वरूप, Urvashi और Pururavas की कथा में शर्तों (वचनों) पर आधारित संबंध का उल्लेख मिलता है, जो उनकी स्वतंत्र इच्छा को दर्शाता है।

---

* एक गहरा सच (Reality Check)

अप्सराओं की "कल्पना" साधक के लिए आकर्षण का जाल भी बन सकती है — ऐसी चेतावनी दी गई है।

- यदि साधक दिए गए सुख में आसक्त होकर अपनी साधना या लक्ष्य भूल जाए, तो आध्यात्मिक प्रगति रुक सकती है।

- इसीलिए प्राचीन साधक, चाहे संबंध का वर्णन मिलता हो, फिर भी सजग (Aware) रहने और अपनी ऊर्जा-संतुलन बनाए रखने पर बल देते थे।

अब मूल कथा पर वापिस लौटते है।

9.8. प्रतिस्पर्धा का स्वरूप

कृष्णा ने किसी अप्सरा विशेष की साधना पूर्व में नहीं की थी, अतः यह प्रतियोगिता पूर्णतः खुली और निष्पक्ष थी।

- प्रत्येक अप्सरा अपनी कला, नृत्य, गीत, भावाभिव्यक्ति और दिव्यता के माध्यम से कृष्णा के हृदय को मोहित करने का प्रयास कर रही थी।
- केवल वही अप्सरा कृष्णा के हृदय में प्रमुख स्थान प्राप्त करेगी, जो सबसे अधिक सजीव और संतुलित प्रेम और ऊर्जा का संचार कर पाए।

रात्रि की गहनता में, भोग श्रेणी की अप्सराएँ अपने नृत्य, गीत और भाव आदि से कृष्णा के हृदय में छिपी प्रेम और आनंद की तरंगों को उजागर कर रही थीं।
कृष्णा का अनुभव सहज और निर्विकार था — उन्होंने किसी अप्सरा का पक्ष नहीं लिया। इस खुली प्रतिस्पर्धा ने सभी अपसरा की दिव्यता और कलाओं को प्रकट करने का अवसर दिया।

अध्याय 10: स्वर्ग की अन्य इच्छुक अप्सराओ के साथ दूसरी खुली प्रतिस्पर्धा

अपसरा लोक में अगली रात्रि का वातावरण और भी अधिक रोमांचक हो गया। दीपों की कोमल रौशनी, संगीत की तरंगें और फूलों की सुगंध हर ओर फैल रही थी। इस रात एक और खुली प्रतिस्पर्धा का आयोजन किया गया था।

अप्सराओं की 3 मुख्य श्रेणियाँ

तंत्र और पुराणों में इन्हें तीन भागों में बाँटा गया है:

- मोक्षदा: जो ऋषियों की परीक्षा लेकर उन्हें मोक्ष के योग्य बनाती हैं।
- भोगा: जो केवल सुख और मनोरंजन प्रदान करती हैं।
- कला-सिद्धा: जो संगीत, नृत्य और चित्रकला की प्रेरणा देती हैं।

आज उपस्थित प्रत्येक अपसरा अपने सृंगार, नृत्य, गायन, और भावनात्मक प्रदर्शन आदि के साथ सम्पूर्ण काम-कलाओं और अदाओं के माध्यम से कृष्णा के मन को मोहित करने के लिए स्वतंत्र थी। उनकी हर हँसी, हर दृष्टि, हर नृत्य का भाव कृष्णा के हृदय की गहराइयों में प्रतिध्वनित हो रहा था।

इस प्रतियोगिता की विशेषता थी:

- यदि कोई साधक किसी सेविका या दासी अप्सरा की सिद्धि करता है, तो वह अपेक्षाकृत शीघ्र और सीमित प्रभाव के साथ प्राप्त होती है।
- किंतु यदि कोई प्रधान अप्सरा की सिद्धि की जाती है, तो उसका पूरा मंडल साधक से जुड़ सकता है, जिससे पूर्ण अपसरा लोक की ऊर्जा और अनुभूति साधक के लिए खुल जाती है।

चूँकि गोपाल ने किसी विशेष अपसरा की साधना नहीं की थी, अतः यह खुली प्रतिस्पर्धा आयोजित की जाएगी। इसका उद्देश्य था कि सभी अपसरा स्वयं अपनी कला और भाव से अपने स्थान का निर्धारण करें, और गोपाल के हृदय की अनंत भावनाओं को सबसे अधिक मोहित करने वाली ही प्रमुख 'पट अपसरा' बने।

प्रतिस्पर्धा में भाग लेने वाली हर अपसरा अपनी अनोखी कला और अदाओं में प्रवीण थी:

- कुछ अपसराएँ नृत्य और गीत में प्रवीण थीं, उनके हर कदम और हर मुस्कान गोपाल के हृदय को छू रही थी।
- कुछ सोलह बरस की कंचन कामिनी अतिसुंदर अप्सराएँ सोलह श्रृंगार के साथ उपस्थित हुई थी।
- कुछ 64 कलाओं तक में दक्ष थीं, अपनी प्रतिभा और भव्य प्रस्तुति से गोपाल के मन में असीम प्रेम और आनंद की लहर पैदा कर रही थीं।

उनकी हर हँसी, हर दृष्टि, हर नृत्य का भाव कृष्णा के हृदय की गहराइयों में प्रतिध्वनित हो रहा था।

गोपाल केवल देख नहीं रहे थे — उनका हृदय हर भाव, हर संगीत की लय, और हर नृत्य की गति के साथ सहज रूप से जुड़ रहा था। प्रत्येक अपसरा की प्रस्तुति में न केवल कला थी, बल्कि उनके अंतरंग भावों की गहराई और दिव्यता भी झलक रही थी।

प्रतियोगिता की तीव्रता बढ़ी, क्योंकि हर अपसरा जानती थी कि जिसकी कला और भाव गोपाल को सबसे अधिक मोहित करेगी, वही उनकी प्रमुख प्रेमिका यानी 'पट अपसरा' बनेगी। गोपाल का मन शांत और स्थिर होने के बावजूद, उनके हृदय में प्रेम, आनंद और दिव्यता की अनंत तरंगें उठ रही थीं।

गोपाल निर्विकार भाव से इस पूरे मायावी नृत्य और संगीत को अनुभव कर रहे थे। उनके हृदय में प्रेम, दिव्यता और आनंद की तरंगें स्वाभाविक रूप से उठ रही थीं। उन्होंने किसी अपसरा को पहले से पसंद नहीं किया था, और इसीलिए उनकी चेतना पूरी तरह सहज, निरीक्षणात्मक और समरस थी।

इस खुली प्रतिस्पर्धा का कारण:

- गोपाल किसी विशेष अपसरा के पक्ष में पूर्वाग्रह नहीं रखते थे।
- अपसरा अपने स्वयं के कौशल और भावनाओं के माध्यम से प्रमुख प्रेमिका बनने का अवसर प्राप्त कर रही थीं।
- यह प्रतियोगिता पूर्ण अपसरा लोक की ऊर्जा और दिव्यता को गोपाल के हृदय में प्रतिबिंबित कर रही थी।

- गोपाल की मनोवैज्ञानिक और भावनात्मक यात्रा यहाँ सर्वोच्च रोमांच और मायावी अनुभव में परिवर्तित हो रही थी।

यहाँ पर गोपाल ने अपनी स्थित प्रज्ञता का परिचय दिया। जिस कारण यह प्रतिस्पर्धा भी बिना किसी निर्णायक स्तिथि में पहुचे ही समाप्त हो गई। लेकिन फिर सभी अप्सराओ एक बार और किसी एक अप्सरा को अपनी पट अप्सरा बनाने के लिए गोपाल पर अंतिम दबाव बनाया।

अध्याय 11: गोपाल द्वारा पट अप्सरा का चयन — दिव्यता और चेतना का संगम

आखिरकार सभी अप्सराओं की इच्छा का मान रखते हुए, गोपाल ने अपनी "पट अप्सरा" का चयन किया। यह पट अप्सरा और कोई नहीं, बल्कि अलकनंदा ही थी। जिसकी सभी को आशंका भी। किन्तु यह चुनाव केवल बाहरी रूप या नृत्य की कला के आधार पर नहीं, बल्कि मन, चेतना और ऊर्जा के स्तर पर गहन प्रभाव के कारण था।

---

1. अप्सरा लोक का दिव्य स्वागत

जब गोपाल ने अपनी पट अप्सरा अलकनंदा को अपनाया,
तो अप्सरा लोक की पूरी भव्यता उनके सामने खुल गई।

- प्रकाश और आभा: हर कोना स्वर्णिम आभा से जगमगाया।
- संगीत और ध्वनि: हल्की बांसुरी की मधुर धुन, जलधारा की झनकार, और पंखियों की मधुर गूँज वातावरण को स्वर्गीय बना रही थी।
- नृत्य और आदाएँ: अन्य सभी अप्सराएँ भी मंच पर थीं, पर अब उनका उद्देश्य केवल ऊर्जा का संतुलन बनाए रखना और आनंद साझा करना था।

गोपाल ने महसूस किया कि यह लोक सिर्फ देखने और सुनने का नहीं, बल्कि हर संवेदना, हर स्पर्श और हर भाव का प्रत्यक्ष करने लायक अनुभव है।

---

2. चेतना का संगम

अलकनंदा के साथ गोपाल का प्रत्येक संवाद, हर मुस्कान, हर दृष्टि और हल्का स्पर्श, उनके मन और चेतना में आनंद और शांति का संचार कर रहा था।

- यह अनुभव केवल भौतिक या कामुक सुख नहीं, बल्कि ऊर्जा का आदान-प्रदान और आंतरिक चेतना का उत्थान था।
- गोपाल ने जाना कि अप्सरा का प्रत्येक भाव, नृत्य और दृष्टि उनके भीतर अंतरतम प्रेम और दिव्यता को जागृत कर रहा था।

गोपाल ने महसूस किया कि सत्य प्रेम और आनंद केवल बाहरी आकर्षण में नहीं, बल्कि आत्मिक और चेतनात्मक समरसता में है।

---

3. आभा और प्रकाश का खेल

अप्सरा लोक में, प्रत्येक स्पर्श और हर मुस्कान ऊर्जा-लहरों के रूप में गोपाल के भीतर प्रवाहित हो रही थी।

- पट अप्सरा अलकनंदा की आभा उनके चारों ओर फैल गई, जिससे वातावरण में हल्का प्रकाश और मधुर गंध का संयोग हुआ।
- गोपाल ने देखा कि प्रत्येक पल उनके मन और शरीर में संतुलन और आनंद का निर्माण कर रहा था।

यह अनुभव बताता है कि अप्सरा लोक में संबंध सिर्फ भौतिक रूप से नहीं, बल्कि ऊर्जा और चेतना के स्तर पर स्थापित होते हैं।

---

4. कला, भाव और दिव्यता

अलकनंदा ने गोपाल को अपने नृत्य, संगीत और भाव-प्रदर्शन के माध्यम से दिव्यता का अनुभव कराया।

- हर मुद्रा, हर मुस्कान, हर दृष्टि एक ऊर्जा-संकेत थी, जो गोपाल की चेतना में गूँज रही थी।
- यह केवल आनंद का अनुभव नहीं, बल्कि ऊर्जा-संतुलन और चेतना विस्तार का मार्ग था।

गोपाल ने जाना कि यहाँ प्रेम, आनंद और दिव्यता का अनुभव शारीरिक सुख से अधिक मानसिक और आध्यात्मिक आनंद उत्पन्न करता है।

---

5. अनुभव का गूढ़ संदेश

इस दिव्य संगम के माध्यम से, गोपाल ने समझा:

1. अप्सराएँ केवल आनंद की स्रोत नहीं, बल्कि ऊर्जा और चेतना के स्तर पर मार्गदर्शक हैं।
2. प्रत्येक अनुभव, हर नृत्य और भाव का उद्देश्य साधक की चेतना का विस्तार है।
3. सच्चा आनंद और प्रेम मन, शरीर और चेतना के संतुलन में उत्पन्न होता है।

गोपाल ने महसूस किया कि पट अप्सरा अलकनंदा के साथ उनका संबंध केवल प्रेमिका का नहीं, बल्कि एक दिव्य चेतना-संयोग और ऊर्जा-संतुलन है।

अध्याय 12: अलकनंदा में विरोध और मनोवैज्ञानिक खेल

गोपाल ने सभी अपसराओं के बीच निष्पक्ष चुनाव किया, और उनके निर्णय की पवित्रता से प्रभावित होकर देवराज इंद्र ने प्रतियोगिता में भाग लेने वाली सभी अपसराओं को उपहार स्वरूप गोपाल की प्रेमिकाओं के रूप में उन्हें सौंप दिया।

---

1. गोपाल का निर्णय और स्वीकृति

- गोपाल ने यह उपहार सहर्ष स्वीकार किया।
- उनके हृदय में कोई द्वेष या भेदभाव नहीं था; उनका दृष्टिकोण निष्पक्ष और संवेदनशील था।
- उन्होंने समझा कि प्रत्येक अप्सरा सिर्फ भौतिक रूप से नहीं, बल्कि ऊर्जा, चेतना और आनंद के स्तर पर उनके अनुभव का हिस्सा बनती हैं।

---

2. पट अप्सरा अलकनंदा में उत्पन्न विरोध

- इस उपहार वितरण ने अलकनंदा के मन में हल्का विरोध पैदा कर दिया।
- उनका विरोध केवल स्वाभिमान या अहंकार के साथ-साथ, अपने विशेष स्थान और चेतना-संयोग की सुरक्षा के लिए था।
- उन्होंने महसूस किया कि अब उनका विशेष और दिव्य संबंध, गोपाल के साथ केवल अकेला नहीं रह गया, बल्कि अन्य अपसराओं की ऊर्जा और उपस्थिति भी इसमें शामिल हो गई।

---

3. विरोध का भावनात्मक खेल

- अलकनंदा ने अपने सौंदर्य, नृत्य और भावों से गोपाल को प्रभावित करना जारी रखा।
- गोपाल के मन और चेतना में यह विरोध एक सक्रिय मानसिक और ऊर्जा-संयोग उत्पन्न कर रहा था।

- यह विरोध प्रतिस्पर्धा नहीं, बल्कि चेतना का परीक्षण बन गया: गोपाल ने जाना कि उनके प्रेम और आनंद का अनुभव निष्पक्षता, धैर्य और समझ के स्तर पर स्थिर रहना चाहिए।

---

4. दिव्यता और चेतना का संतुलन

- गोपाल ने महसूस किया कि पट अप्सरा अलकनंदा का विरोध स्वाभाविक और दिव्य है, क्योंकि अप्सराओं के मन और चेतना के स्तर पर यह अपनी स्वतंत्रता और ऊर्जा-संतुलन की रक्षा है।
- उनके अनुभव ने यह स्पष्ट कर दिया कि सच्चा आनंद केवल निष्पक्षता और सामंजस्य में संभव है, न कि केवल व्यक्तिगत प्रेम या वासना में।

खंड-2 : पूर्व जन्म रहस्योद्घाटन

अध्याय 13: अलकनंदा का गुप्त रहस्य और इंद्र का षड्यंत्र

एक रात, अलकनंदा ने गोपाल को गुप्त स्थान पर बुलाया। यह स्थान अप्सरा लोक का एक सुगंधित और प्रकाशमय उद्यान था, जहाँ चंद्रमा की किरणें सभी फूलों और जल-कुंडों पर नाच रही थीं।

---

1. गुप्त खुलासा

अलकनंदा ने धीमें स्वर में कहा:

“हे प्रिय मेरे गोपाल, यह जो खुली प्रतिस्पर्धायें हुई, ये केवल तुम्हारे आकर्षण या हमारे सौंदर्य की परीक्षा नहीं थी। बल्कि यह इंद्र का ही एक षड्यंत्र था।”

- गोपाल ने पलभर के लिए चुप्पी साधी, और अपने अंतरात्मा में उस पुराने संघर्ष की याद ताजा हुई।
- अलकनंदा ने आगे बताया कि इंद्र ने सदा तुम्हें चुनौती समझा और पराजित करने का प्रयास किया है।

---

2. इंद्र का पुराना संघर्ष

- अलकनंदा ने याद दिलाया कि कैसे गोपाल ने एक पर्वत को अपनी अँगुली पर उठाकर अपने गाँव और लोगों को बचाया था, जब इंद्र ने प्राकृतिक आपदा भेजी थी।
- उस दिन, गोपाल ने सिर्फ अपनी शक्ति और बुद्धि से इंद्र की परीक्षा को परास्त किया, और अपने लोगों को सुरक्षित किया।
- इसी कारण से इंद्र ने अब अप्सराओं के माध्यम से कुटनीतिक चाल चलने का प्रयास किया।

---

3. अलकनंदा का उद्देश्य

- अलकनंदा ने गोपाल को स्पष्ट किया कि उनका गुप्त मिलन केवल प्रेम या भोग के लिए नहीं, बल्कि यह साधना और चेतना की परीक्षा का हिस्सा भी है।
- उनके शब्दों में यह भाव था कि सच्चा आनंद और शक्ति तभी स्थिर रहती है, जब साधक निर्णयों में निष्पक्ष और चेतन बना रहे।

---

4. भावनात्मक और मानसिक प्रभाव

- गोपाल ने महसूस किया कि अप्सरा केवल भौतिक रूप से आकर्षक नहीं, बल्कि उनकी चेतना और ज्ञान की मार्गदर्शक भी है।
- उनके हृदय में प्रेम, सम्मान और ऊर्जा-संतुलन का अनुभव गहरा हुआ।
- अलकनंदा के साथ गुप्त मिलन ने उन्हें मानसिक स्थिरता और अंतर्ज्ञान का अनुभव कराया, जिससे वे इंद्र के अगले प्रयासों के लिए पूर्वज्ञान और सावधानी से तैयार हो सके।

अध्याय 14: गोपाल और अप्सरा लोक की संरचना का रहस्य

धीरे-धीरे अब गोपाल अप्सरा लोक की अद्भुत संरचना और रहस्य को समझने लगे थे। यह लोक केवल मनोरंजन और प्रेम का स्थान नहीं था, बल्कि एक सुव्यवस्थित दिव्य साम्राज्य की भाँति संचालित होता था, जिसमें हर अप्सरा की भूमिका, सत्ता और मंडल के नियम स्पष्ट थे। यह व्यवस्था किसी आधुनिक "राजदरबार" या सुव्यवस्थित "श्रेणीबद्ध ढाँचे" (Hierarchy) के समान चित्रित की जाती है।

1. प्रधान अप्सरा (Leader Apsara)

गोपाल ने सबसे पहले देखा कि प्रत्येक प्रमुख अप्सरा — जैसे रंभा, मेनका, उर्वशी या राजराजेश्वरी — का अपना मंडल और अधिकार क्षेत्र होता है।

- सत्ता: वह अपने मंडल की अधिष्ठात्री, अर्थात् रानी, होती है। उसका स्वयं के भव्य भवन, महल और क्षेत्र आदि होते है।
- कार्य: मंडल की गतिविधियाँ, संगीत और नृत्य, तथा साधकों से जुड़े निर्णय उसी के अधीन होते हैं।

गोपाल को यह देखकर एक रहस्योद्घाटन हुआ — वह केवल किसी स्त्री की प्रेम साधना में रत नहीं थे, बल्कि एक सम्पूर्ण दिव्य संस्कृति और मंडल के साथ संबंध स्थापित कर रहे थे।

2. सखी अप्सराएँ (Companions)

प्रधान अप्सरा के साथ उनकी सखियाँ भी हमेशा रहती हैं। ये केवल सहचरियाँ नहीं, बल्कि उच्च ऊर्जा बनाए रखने वाली और साधक की परीक्षा लेने वाली अप्सराएँ होती हैं। जो साधक स्त्रियाँ अपने जीवनकाल में किसी अप्सरा विशेष की सखी-सहेली के रूप में साधना करती है, वह उसकी देहावसान के उपरांत परलोक गमन की यात्रा में उसी अप्सराविशेष के मंडल में एक सखी अप्सरा के रूप में प्रतिष्ठा प्राप्त करती है।

- भूमिका: नृत्य, संगीत और उत्सव में सहभागी।
- साधना में प्रभाव: यदि कोई साधक किसी प्रमुख अप्सरा को सिद्ध करना चाहता है, तो पहले उसकी सखियाँ उसकी परीक्षा लेती है जिससे उसकी योग्यता और संवेदनशीलता आंकी जाती हैं।

3. सेविका और दासी अप्सराएँ (Attendants)

मंडल की सेविका और दासी अप्सराएँ व्यवस्थापन और सेवा कार्य में लगी रहती हैं। जो साधक स्त्रियाँ अपने जीवन में किसी अप्सरा की सखी-सहेली के रूप में साधना करती है, परन्तु उससे अपनी इच्छाओ और मन्नतों को पूरा करवाते हुए धन, वैभव, एश्वर्यपूर्ण जीवन व्यतीत करती हैं। वह उसकी देहावसान के उपरांत परलोक गमन की यात्रा में उसी अप्सरा विशेष के मंडल में एक सेविका अप्सरा के रूप में प्रतिष्ठा प्राप्त करती है।

साथ ही जो साधक स्त्रियाँ अपने जीवन में किसी अप्सरा की सखी-सहेली के रूप में साधना करती है, परन्तु उससे अपनी इच्छाओ और मन्नतों को पूरा करवाते हुए धन, वैभव, एश्वर्यपूर्ण जीवन व्यतीत करती हैं एवं अप्सरा के माध्यम से वांछित पुरुषों के साथ प्रेम सम्बन्ध बनाती और उनका भोग भी करती हैं। वह उसकी देहावसान के उपरांत परलोक गमन की यात्रा में उसी अप्सरा विशेष के मंडल में एक दासी अप्सरा के रूप में प्रतिष्ठा प्राप्त करती है।

- सेविका: श्रृंगार, सुगंध, भव्य तैयारी और अन्य विशेष कार्यों में निपुण।
- दासी: सामान्य व्यवस्था और दैनिक कार्यों में संलग्न।

गोपाल ने महसूस किया कि यह पूरी व्यवस्था साधक को दिव्य अनुभव और संतुलित ऊर्जा प्रदान करने के लिए बनाई गई है, ताकि वह किसी अप्सरा साधनाओ के उच्चतम आनंद को सहजता से धारण कर सके।

4. भोग और मंडल की भूमिका

जब कोई साधक किसी प्रधान अप्सरा को सिद्ध करता है, तो केवल वह अकेली नहीं आती।

सबसे पहले दासी, फिर सेविका, उसके बाद सखी, और अंत में प्रधान अप्सरा स्वयं साधक से जुड़ती हैं। यदि साधक ने अप्सरा को प्रेमिका के रूप में चुना है, तो पूर्ण सम्भावना बनती है कि केवल वह एक प्रधान अप्सरा ही नहीं बल्कि उसके मंडल की सभी अप्सराएँ प्रेमिकाओं के रूप में उस साधक के साथ जुड़कर उससे प्रेम सम्बन्ध बना ले और भोग करें। किन्तु यह सब साधक के तपस्या यानि संचित तपोबल, शारीरिक पुष्ठता-बल, संचित वीर्यशक्ति, काम-पौरुष शक्ति आदि पर पूर्णतया निर्भर करता है। इसलिए अप्सरा साधना से पहले संयम बनाये रखने और ब्रह्मचर्य के पालन की आवश्यकता होती है, साथ ही अप्सराओं का भोग करने के लिए इंद्र या अन्य देवताओं के समान बल या फिर बावन भैरवों के समान तपोबल का होना

अतिआवश्यक हैं वर्ना साधक की भोग के कारण अधोगति हो सकती है, और उसकी भोग इन्द्रियों का सम्पूर्ण नाश हो सकता है।

किन्तु यदि साधक अप्सरा के साथ प्रेम सम्बन्ध बनाने और उनके भोग करने की पात्रता रखता है तो इस संरचना से साधक को ऊर्जा संतुलन और दिव्यता का अनुभव प्राप्त होता है।

गोपाल ने महसूस किया कि यह केवल भौतिक आनंद का खेल नहीं, बल्कि ऊर्जा और चेतना का उच्चतम संगम होता है। इतना ही नहीं बाद में गोपाल को इस गूढ़ ज्ञान की उपलब्धि भी होगी कि किस प्रकार अप्सराओं के साथ बनाये गए प्रेम सम्बन्ध और भोग क्रिया देवत्व प्रदान करने वाली रहस्यमयी कला है। जिस पर पूरे स्वर्गलोक तथा देवराज इंद्र की सत्ता नीव टिकी रहती है।

5. गंधर्व लोक का सामाजिक ढाँचा

- प्रत्येक मंडल अपनी कला और सौंदर्य में उत्कृष्टता प्रदर्शित करने का प्रयास करता है।
- गंधर्व पुरुष अप्सरा मंडलों के संगीतकार और रक्षक माने जाते हैं।
- इस पूरी संरचना में केवल व्यक्तिगत प्रेम नहीं, बल्कि सामूहिक कला, शक्ति और आध्यात्मिक ऊर्जा का आदान-प्रदान होता है।

6. साधक पर प्रभाव

गोपाल ने महसूस किया कि उनका अनुभव अब केवल किसी अप्सरा के साथ नहीं, बल्कि पूरा अप्सरा मंडल और अप्सरा लोक से जुड़ने का बन गया है।

- इसलिए साधना में केवल एक अप्सरा का सम्मान नहीं, बल्कि उसके पूरे मंडल और लोक का मान और संवेदनशीलता बनाए रखना आवश्यक है।
- इससे साधक की चेतना और अनुभव दिव्य, संतुलित और समृद्ध बनते हैं।

अध्याय 15: अलकनंदा का गूढ़ संवाद – इंद्र की कुटनीतिक चाल और दिव्य ऊर्जा का रहस्य

एक बार एक शांत और गुप्त स्थान पर, पट अप्सरा अलकनंदा ने गोपाल श्री को अपने निकट बुलाया। वहाँ वह नेत्रों में चमक और हृदय में भावनाओं की गहराई लिए, धीरे-धीरे अपने गूढ़ रहस्य खोलने लगी। जब गोपाल ने अलकनंदा के माध्यम से इस रहस्य को समझा, तब उन्हें ज्ञात हुआ कि स्वर्ग के दरबार में केवल सुंदरता और कला ही नहीं, बल्कि शक्ति, नियंत्रण और कूटनीति का खेल भी चलता है।

❖ अप्सरा मंडलों पर नियंत्रण

---

1. अप्सराओं का कार्यकाल और नियुक्ति

- इंद्र ही निर्धारित करते हैं कि कौन-सी अप्सरा किस मंडल की प्रधान होगी और किसे पृथ्वी पर साधक या राजा की परीक्षा हेतु भेजा जाएगा।
- यदि कोई अप्सरा अत्यधिक प्रभावशाली हो जाए या किसी साधक के साथ स्थायी रूप से जुड़ने का प्रयास करे, तो इंद्र संतुलन बनाए रखने के लिए प्रतिबंध या शाप दे सकते हैं, या फिर उसे पृथ्वी पर मनुष्य रूप जन्म लेने के लिए भी भेजा जा सकता है।
- अप्सरा मंडलों में नृत्य और कला प्रदर्शन केवल इंद्र की सभा द्वारा चयनित श्रेष्ठ अप्सराओं तक ही सीमित रहता है, जिसे एक प्रकार की "पदोन्नति" कहा गया।

---

2. गंधर्व लोक की सुरक्षा और नियम

- गंधर्व लोक और अप्सरा मंडलों में सुरक्षा और अनुशासन का नियम चलता है।
- बिना इंद्र की अनुमति या कठोर साधना के कोई साधक या असुर इस लोक में प्रवेश नहीं कर सकता।
- अप्सराएँ केवल तभी साधक के साथ संबंध स्थापित कर सकती हैं जब वह लोक की मर्यादाओं और नियमों का पालन करे।

---

3. इंद्र का “वज्र” और नियंत्रण

- इंद्र का वज्र केवल अस्त्र नहीं, बल्कि दैवी अधिकार और ऊर्जा नियंत्रण का प्रतीक माना गया।
- यदि कोई अप्सरा इंद्र के आदेश का उल्लंघन करे, जैसे स्वर्ग लौटने से इनकार, तो उसे पृथ्वी पर जन्म या अन्य दंड मिल सकता है।
- इंद्र के दूत मंडलों पर सतत नजर रखते हैं। यदि कोई साधक अत्यधिक शक्तिशाली हो जाए, तो उसकी परीक्षा हेतु विघ्न और चुनौती उत्पन्न करने का वर्णन मिलता है।

---

4. इंद्र–अप्सरा–साधक का “त्रिकोण”

इंद्र की भूमिका एक परीक्षक या फिल्टर के समान होती है।

साधक के लिए तीन प्रमुख परीक्षाएँ होती हैं:

1. भय – प्रारंभिक अवस्था में डर और बाधाएँ उत्पन्न होना।
2. लालच – यह देखना कि साधक केवल भोग चाहता है या उच्च पद की आकांक्षा रखता है।
3. स्वीकृति – जब साधक स्थिर और निष्पक्ष रहता है, तब सिद्धि की अनुमति मिलती है।

---

5. मंडलों की आंतरिक प्रतिस्पर्धा

- इंद्र के दरबार में विभिन्न अप्सरा मंडलों के बीच कला, सौंदर्य और प्रतिष्ठा की प्रतिस्पर्धा चलती रहती है।
- जो मंडल इंद्र को अधिक प्रसन्न करता है, उसे विशेष सम्मान और अवसर प्राप्त होते हैं।
- यदि कोई अप्सरा किसी महान साधक या ऋषि को मोहित कर लेती है, तो उसकी प्रतिष्ठा और शक्ति में वृद्धि होती है।

6. रहस्यमयी अवधारणा

- कुछ पुराणों और तंत्र ग्रंथों में यह उल्लेख है कि इंद्र का वज्र अप्सराओं की प्रत्यक्षीकरण शक्ति को नियंत्रित करने वाली दैवी ऊर्जा का प्रतीक है।
- उनके अनुग्रह और अनुमति के बिना कोई अप्सरा पूर्ण स्थूल रूप में प्रकट नहीं हो सकती, और न ही साधक के साथ ऊर्जा-संयोग स्थापित कर सकती है।

---

* गोपाल को धीरे-धीरे यह समझ में आया कि स्वर्ग में केवल प्रेम, सौंदर्य या भोग का खेल नहीं, बल्कि शक्ति, अनुशासन और कूटनीति का जटिल जाल भी चलता है। इंद्र की चालें, अप्सरा मंडलों की प्रतिस्पर्धा और वज्र की निगरानी यह सुनिश्चित करती हैं कि साधक केवल सच्ची योग्यता और चेतना के माध्यम से ही दिव्य अनुभव प्राप्त कर सके।

अध्याय 16: पट अप्सरा का गूढ़ संवाद – इंद्र की चाल और दिव्य ऊर्जा का रहस्य

एक शांत और गुप्त स्थान पर, पट अप्सरा ने गोपाल को अपने निकट बुलाया। वहाँ वह नेत्रों में चमक और हृदय में भावनाओं की गहराई लिए, धीरे-धीरे अपने गूढ़ रहस्य खोलने लगी।

तपोबल, इंद्र और अप्सराएँ – ऊर्जा-संतुलन का रहस्य

जब गोपाल ने अलकनंदा के माध्यम से इंद्र की चाल और स्वर्ग के नियम समझे, तब उन्हें यह भी ज्ञात हुआ कि साधक का तपोबल केवल उसके आध्यात्मिक सामर्थ्य का प्रतीक नहीं, बल्कि देवराज इंद्र के सिंहासन के लिए एक चुनौती भी बन सकता है।

---

1. इंद्र का भय: “सिंहासन का डोलना”

- इंद्र केवल देवता नहीं, बल्कि स्वर्ग के सिंहासन और राजत्व शक्ति का प्रतीक भी हैं।
- साधक का तपोबल इंद्र के लिए चुनौती है। किसी साधक की कठोर तपस्या से उत्पन्न तप-अग्नि (आंतरिक ऊर्जा) जिसे तपोबल कहा जाता है, ब्रह्मांडीय स्तर पर कंपन उत्पन्न करती है।
- यदि साधक का तपोबल स्वर्ग के देवताओ और देवराज इंद्र के स्तर से अधिक हो जाए, तो प्रतीकात्मक रूप से इंद्र-पद पर संकट आने लगता है।
- यही कारण है कि साधक का तपोबल इंद्र के लिए भय उत्पन्न करता है।

---

2. अप्सरा: “ऊर्जा-परिवर्तक”

- जब इंद्र को लगता है कि साधक को रोकना कठिन है, तो वे अप्सराओं को साधक के पास भेजते हैं।
- अप्सराओं का कार्य साधक का नाश करना नहीं, बल्कि तपोबल को रेतस् (काम-ऊर्जा) में परिवर्तित कर उसका क्षरण करना है। अप्सराएँ केवल ऊर्जा-संतुलन का माध्यम हैं, न कि साधक को नष्ट करने वाला प्राणी।

- भोग का यह विज्ञान ऊर्जा का आदान-प्रदान है; साधक के भीतर संचित शक्ति धीरे-धीरे अनुभूति और आनंद के रूप में प्रकट होती है, जबकि अप्सरा उसे अवशोषित करती है। इससे अपसरा लम्बे समय तक अपने यौवन और सौन्दर्य को बरक़रार रख पाती है।
- उन्होंने कहा: "हम अप्सराएँ तुम्हारे तप की शक्ति का आनंद लेती हैं, परंतु यदि तुम मानसिक और ऊर्जा-संतुलित रहो, तो तुम्हारा बल अपार बना रह सकता है।"

---

3. अप्सरा और तपोबल शोषण : एक "सौदेबाज़ी"

- साधक खोता है: तपोबल और मोक्ष-पथ की गति, लेकिन भोग और दिव्य अनुभव प्राप्त करता है।
- अप्सरा पाती है: ऊर्जावान युवा आभा और अपनी दिव्यता बनाए रखने हेतु आवश्यक शक्ति तथा स्वर्ग में प्रतिष्ठा और सम्मान।
- साधक का लाभ: स्वर्गीय सुख, ऐश्वर्य और आनंद, किंतु परम-ईश्वरत्व नहीं।

---

4. क्या हर अप्सरा इंद्र की "एजेंट" होती है?

- इंद्र-प्रेरित अप्सरा: साधक के तप को रोकने या परीक्षण करने के लिए भेजी जाती हैं (जैसे मेनका अप्सरा और ऋषि विश्वामित्र की कथा)।
- साधक-आहूत अप्सरा: जब साधक स्वयं किसी अप्सरा विशेष की साधना कर तपस्या के परिणामस्वरूप अप्सरा को आमंत्रित करता है।
- दोनों ही स्थितियों में ऊर्जा-संतुलन बनाए रखना मुख्य उद्देश्य माना गया।

---

5. "ऊर्ध्वरिता" बनाम "अधोगामी"

- अधोगामी स्थिति: साधक का तपोबल नीचे की ओर बह जाता है, शक्ति क्षीण होती है।
- ऊर्ध्वरिता: यह एक रहस्यमयी कला है, जिसके माध्यम से साधक अप्सरा का भोग करके भी अपनी चेतना बनाए रखता है; मूल ऊर्जा ऊपर की ओर रूपांतरित कर लेता

है। इस कला के माध्यम से साधक को जो आध्यात्मिक प्रगति करोड़ो वर्षो में भी प्राप्त नहीं होती, वह अप्सरा भोग से मात्र कुछ दिनों में प्राप्त की जा सकती है। इसमें अप्सरा के साथ सम्भोग मुख्य साधन होता है। जिसके बारे में चर्चा आगे की जाएगी।

- ✓ इस स्थिति में अप्सरा साधक से तपोबल शक्ति छीनती है, लेकिन अप्सरा के तृप्त होने पर बदले में साधक को पुण्यफल, दिव्य प्राण, देवत्व के गुण और अनुभव प्राप्त होते है। अप्सरा का भोग यह सब बहुत शीघ्रता से प्रदान कर सकता है।

इस दृष्टिकोण में अप्सराएँ केवल सौंदर्य और आनंद की साधक नहीं, बल्कि तपोबल के भोग और ब्रह्मांडीय संतुलन का माध्यम मानी गई हैं।

- इंद्र का कार्य: सृष्टि-संतुलन बनाए रखने के नाम स्वयं के इंद्र-पद की संरक्षा करना, साधक की तपोबल के अनुसार समय-समय पर परीक्षा और चुनौती प्रस्तुत करना।
- अप्सराओं का कार्य: ऊर्जा-संयोजन और आनंद के माध्यम से संतुलन बनाए रखना, साधक को दिव्य अनुभव प्रदान करना।

इस रहस्य को समझने के बाद गोपाल ने महसूस किया कि अप्सरा लोक केवल भोग का स्थान नहीं, बल्कि ऊर्जा, चेतना और ब्रह्माण्ड की आध्यात्मिक शक्ति का गूढ़ खेल है।

अध्याय 17: अप्सरा कवच – तपोबल की रक्षा और ऊर्जा नियंत्रण

अलकनंदा ने विस्तार से बताया कि साधक कैसे अप्सरा कवच का प्रयोग कर अपनी ऊर्जा सुरक्षित रख सकता है। जिससे गोपाल को यह ज्ञात हुआ कि कुछ महान ऋषि — जैसे विश्वामित्र और अन्य तपस्वी — अप्सराओं के संपर्क में आने के बाद भी अपने तपोबल को बनाए रखने में सक्षम थे। इसका रहस्य था "अप्सरा कवच" (Apsara Kavach)।

यह केवल शारीरिक सुरक्षा का कवच नहीं, बल्कि ऊर्जा और मानसिक सुरक्षा का समग्र प्रणाली है, जो साधक को इंद्र के परीक्षण और अप्सराओं के "ऊर्जा ड्रेन" से सुरक्षित रखती है।

---

1. मानसिक कवच (Mental Shield): उर्ध्वगामी ध्यान

- साधक अपने मन को हमेशा साक्षी (Observer) की स्थिति में रखता है।
- साधक का ओजस अप्सरा की ऊर्जा के साथ साझा होता है, पर क्षीण नहीं होता।
- जब अप्सरा ऊर्जा लेने की कोशिश करती है, यह अनासक्त भाव (detached awareness) उसे "ऊर्जा ड्रेन" से रोक देती है।
- परिणाम: अप्सरा को आनंद और तृप्ति तो मिलता है, पर साधक का तपोबल सुरक्षित रहता है। अप्सरा संतुष्ट और तृप्त होने पर साधक को मुह माँगा उपहार तथा अपनी सिद्धि-शक्ति और कलाएँ भी दे सकती हैं।

---

2. मंत्र कवच (Sound Shield)

- साधक प्रेम सम्बन्ध बनाने से पहले क्रोध भैरव, अपने गुरु मंत्र या इष्ट मंत्र का जाप संबंध के दौरान भी करता है।
- मंत्र के vibrations चारों ओर एक protective energy field बनाते हैं।
- असर:

    - इंद्र या अन्य divine test विफल हो जाते हैं।
    - तपोबल साधक से नहीं जाता; कुंडलिनी और ओजस की शक्ति बढ़ती है।

---

3. ऊर्जा प्रवाह नियंत्रण (Urdhvareta Principle)

- तकनीक: मूल बंध, खेचरी मुद्रा, और प्राण पर नियंत्रण।
- कार्य: सेक्सुअल ऊर्जा नीचे बहने से रोकना और सुषुम्ना नाड़ी के माध्यम से ऊपर सहस्रार चक्र में स्थापित करना।
- असर: अप्सरा के "भोग" का प्रभाव नकारात्मक नहीं होता; तपोबल और ओजस मजबूत होते हैं।

---

4. दिव्य दृष्टि (Seeing Apsara as Shakti)

- मानसिक दृष्टि: अप्सरा को केवल स्त्री रूप में नहीं, बल्कि देवी / आदि- पराशक्ति महामाया का अंश और कला के रूप में देखना।
- वासना से भरा भाव हटकर उपासना और श्रद्धा का भाव बन जाता है।
- परिणाम: अप्सरा साधक से प्रभावित होती है और अपनी कलाएँ, सिद्धियाँ या ऊर्जा देने लगती है, साधक का तपोबल नहीं चुराती।

---

5. समय और अनुशासन (Setting Boundaries)

- साधक अपनी साधना और अप्सरा के साथ संबंध के समय को नियत करता है।
- अप्सरा interaction केवल predetermined slots में होती है; बाकी समय तपस्या और ध्यान में व्यतीत होता है।
- परिणाम: ऊर्जा का ज्यादा नुकसान नहीं होता और इंद्र का interference असर नहीं करता।

---

6. मूल सिद्धांत

- अप्सरा कवच साधक के मन, प्राण और ओजस का संरक्षण करता है।
- यह एक इंटीग्रेटेड सिस्टम है:
    1. मानसिक detached awareness
    2. मंत्र कवच
    3. ऊर्जा प्रवाह नियंत्रण
    4. दिव्य दृष्टि
- जो साधक इसे सही तरह से अपनाता है, उसकी तपस्या सुरक्षित रहती है और अप्सरा सहायक ऊर्जा प्रदान करती है, न कि तपोबल चुराती है।

7. गोपाल का गहन अनुभव

- गोपाल ने महसूस किया कि उनकी ऊर्जा, आनंद और तपोबल अब एकीकृत और नियंत्रित हो गए हैं।
- गोपाल ने समझा कि साधना और आनंद, ऊर्जा आदान-प्रदान, और दिव्यता का अनुभव अप्सराओं के माध्यम से ही सुरक्षित रूप से संभव है।
- उन्होंने जाना कि अलकनंदा केवल मार्गदर्शक और साथी नहीं, बल्कि ऊर्जा के साक्षात्कार का माध्यम भी हैं।
- यह अनुभव उन्हें इंद्र के षड्यंत्र और दिव्यता के रहस्य दोनों समझा गया।
- इंद्र की चाल केवल परीक्षा है, अप्सरा कवच और मानसिक अनुशासन साधक को ऊर्ध्वरिता अवस्था में ले जाते हैं।
- यह अध्याय गोपाल को ऊर्जा-संतुलन, दिव्यता और तपोबल संरक्षण का पहला वास्तविक अनुभव कराता है।

अध्याय 18 – नियति के फेरे का रहस्योद्‌घाटन

दृश्य 1: स्मृतियों का रास

गोपाल ग्राम की रात उस दिन असाधारण थी।

जमुना के तट पर चंद्रमा की उजली किरणें फैल रही थीं और हवा में चंपा की हल्की सुगंध तैर रही थी।

वन के मध्य अप्सराएँ एकत्र थीं।
उनकी आँखों में प्रेम, रहस्य और किसी प्राचीन स्मृति की झिलमिलाहट थी।

गोपाल उनके बीच खड़े थे।

संगीत की धीमी लय शुरू हुई।

वीणा और नूपुरों की ध्वनि एक साथ उठी—मानो स्वर्गलोक का संगीत धरती पर उतर आया हो।

पहली अप्सरा धीरे से उनके निकट आई।
उसने गोपाल का हाथ थाम लिया।

उस स्पर्श में एक विचित्र ऊष्मा थी।

और उसी क्षण गोपाल की आँखों के सामने एक दृश्य चमका—

एक विशाल स्वर्गीय सभागार...
जहाँ वही अप्सरा उनके सामने नृत्य कर रही थी।

और वह स्वयं...
सिंहासन पर ऐसे बैठे थे, जैसे —

गन्धर्वराजा

दृश्य अचानक समाप्त हो गया।

गोपाल ने गहरी साँस ली।

लेकिन तभी दूसरी अप्सरा उनके निकट आई।
उसकी मुस्कान में पुराने परिचय की चमक थी।

जैसे ही उसने गोपाल के कंधों को स्पर्श किया,
एक और स्मृति जाग उठी।

उन्होंने देखा—

स्वर्ग के उद्यानों में वही अप्सरा उनके साथ हँस रही है।
वे दोनों वीणा और नृत्य के मधुर संवाद में डूबे हुए हैं।

वह दृश्य इतना जीवंत था कि गोपाल का हृदय तेज़ी से धड़कने लगा।

अब तीसरी अप्सरा उनके निकट आई।

उसकी आँखों में आँसू थे।

जैसे ही वह उनके आलिंगन में आई,
गोपाल के सामने एक और स्मृति उभरी—

स्वर्गलोक का वह दिन
जब गन्धर्वराज ने अप्सरा लोक को स्वतंत्र घोषित किया था।

सैकड़ों अप्सराएँ उनके चारों ओर खड़ी थीं।
और वही अप्सरा सबसे पहले उनके चरणों में झुकी थी।

वर्तमान और अतीत अब एक-दूसरे में घुलने लगे।

प्रत्येक अप्सरा के निकट आते ही
गोपाल के भीतर कोई पुराना द्वार खुल जाता।

कहीं वे स्वर्गीय उद्यानों में हँस रहे थे,
कहीं संगीत सभा में वीणा बजा रहे थे,
कहीं अप्सराओं के साथ स्वतंत्र गन्धर्व लोक का उत्सव मना रहे थे।

अलकनंदा दूर खड़ी सब देख रही थी।

उसके हृदय में अब ईर्ष्या नहीं थी—
बल्कि एक गहरी समझ जन्म ले रही थी।

उसे महसूस हुआ कि यह केवल प्रेम का उत्सव नहीं था।

यह स्मृतियों का जागरण था।

गोपाल अब केवल गोपाल ग्राम का साधक नहीं रह गया था।

उनकी आँखों में अचानक तेज़ चमक उठा।

मानो उनकी आत्मा को अपना भूला-बिसरा इतिहास मिल गया हो।

उन्होंने आकाश की ओर देखा।

उनके होंठों पर धीमी मुस्कान उभरी।

“अब मुझे याद आ रहा है...”

उन्होंने फुसफुसाकर कहा—

“मैं कौन था...”

और उस रात गोपालग्राम का वन
प्रेम, संगीत और जागती हुई स्मृतियों से भर गया।

क्योंकि उस क्षण
धरती का साधक फिर से स्वयं पहचान रहा था—

दृश्य 2: त्रिकालदर्शी अप्सरा का आगमन तथा पूर्वजन्म का रहस्योद्‌घाटन

गोपालग्राम की वह अगली रात्रि असामान्य रूप से शांत थी।

चाँद बादलों के पीछे छिप-छिपकर धरती पर अपनी हल्की चाँदनी बिखेर रहा था।

गोपाल और अलकनंदा जमुना के तट पर बैठे थे, जब अचानक आकाश में एक दिव्य प्रकाश प्रकट हुआ।

उस प्रकाश से एक अप्सरा धीरे-धीरे अवतरित हुई।
उसका तेज अन्य सभी अप्सराओं से भिन्न था।
उसकी आँखों में समय की गहराई थी—जैसे वह अतीत, वर्तमान और भविष्य तीनों को एक साथ देख रही हो।

गोपाल ने प्रणाम किया और पूछा, "आप कौन हैं देवी।"

अप्सरा ने मुस्कुराकर उत्तर दिया—
"मैं त्रिकालदर्शी अप्सरा कालप्रभा हूँ… वह जो समय के तीनों कालों को देख सकती है।"

गोपालग्राम में सभी अप्सराएँ धीरे-धीरे वहाँ एकत्र होने लगीं।
जैसे उन्हें पहले से पता हो कि आज कोई महान रहस्य प्रकट होने वाला है।

कालप्रभा धीरे-धीरे आगे बढ़ी।
उसकी दृष्टि सीधे गोपाल पर टिक गई।

उसने अपने दोनों हाथ आकाश की ओर उठाए, मानो समय की परतों को खोल रही हो।

"हे साधक," उसने गंभीर स्वर में कहा,
"आज वह सत्य प्रकट होगा जिसे युगों से छिपाकर रखा गया था।"

अलकनंदा की साँसें तेज हो गईं।

अप्सरा ने ऊँचे और स्पष्ट स्वर में कहा—

"तुम स्वयं को केवल एक साधक या पृथ्वी का मनुष्य समझते हो।
लेकिन तुम्हारा अतीत इससे कहीं अधिक महान और उथल-पुथल से भरा रहा है।
तुम्हारी आत्मा का इतिहास स्वर्गलोक की सीमाओं से भी पुराना है।"

गोपाल शांत रहे, पर उनकी आँखों में गहरी जिज्ञासा झलक उठी।

"बहुत समय पहले," अप्सरा ने कहना शुरू किया,
"स्वर्गलोक के संगीत और सौंदर्य से भरे एक लोक गन्धर्व लोक में तुम्हारा जन्म हुआ था—
तुम थे गन्धर्वों के राजा… गन्धर्वराज।"

सभी अप्सराओं के चेहरे पर विस्मय छा गया।

"तुमने केवल संगीत और सौंदर्य का राज्य नहीं चलाया,"
वह आगे बोली,

"तुम वही हो…
गन्धर्वों के महान सम्राट —
गन्धर्वेश सुरानंद अनन्तराग।"

यह नाम सुनते ही गाँव का वातावरण जैसे बदल गया।

अन्य अप्सराएँ विस्मय से एक-दूसरे को देखने लगीं।
उनके चेहरों पर श्रद्धा और स्मृति की झलक थी।

त्रिकालदर्शी अप्सरा, कालप्रभा ने आगे कहा—

"हे गन्धर्वेश सुरानंद अनन्तराग,
तुम वही सम्राट हो जिसने गन्धर्व लोक और अप्सरा लोक को
देवराज इंद्र के नियंत्रण से मुक्त कराया था।

तुमने स्वर्ग की सत्ता को चुनौती दी थी।
तुमने पहली बार उन लोकों को स्वतंत्र घोषित किया था
जो युगों से इंद्र की अधीनता में बंधे हुए थे।

और एक स्वायत्त, स्वतंत्र लोक की स्थापना की।"

अलकनंदा की आँखों में आश्चर्य की चमक थी।

"तुम्हारे शासन में गन्धर्व लोक संगीत, सौंदर्य और स्वतंत्रता का स्वर्ग बन गया था" अप्सरा ने कहा।

"अप्सराएँ तुम्हें केवल राजा नहीं,
बल्कि अपने रक्षक और मित्र के रूप में देखती थीं।

तुम्हारी बाँसुरी का एक स्वर
पूरे स्वर्गलोक में गूँज जाता था।"

गोपाल शांत खड़े थे।

लेकिन जैसे-जैसे यह कथा आगे बढ़ रही थी,
उनके भीतर कहीं गहरी स्मृतियाँ जागने लगीं।

अचानक उन्हें लगा मानो दूर कहीं बाँसुरी की ध्वनि सुनाई दे रही हो...
जैसे वह ध्वनि उनके मुख और हाथों के दिव्य संयोजन से निकल रही हो।

कालप्रभा ने गंभीर होकर कहा—

"अब आगे सुनो, हे गोपाल! इसी संघर्ष के कारण देवराज इंद्र तुम्हें अपना सबसे बड़ा शत्रु मानने लगे।

तुमने उनके अधिकार को चुनौती दी थी।
और वे इस अपमान को कभी भूल नहीं सके।"

आकाश में हल्की गर्जना हुई।

"तब इंद्र ने एक कुटिल योजना बनाई,"
अप्सरा बोली।

"उन्होंने एक महान तपस्वी के क्रोध को भड़काया
और उस तपस्वी के श्राप का लक्ष्य बने—
तुम... गन्धर्वेश सुरानंद अनन्तराग।"

अलकनंदा का हृदय कांप उठा।

"और उसी श्राप के कारण,"
अप्सरा ने कहा,

"आज तुम पृथ्वी पर गोपाल के रूप में जन्म लेकर
दुख, प्रेम, संघर्ष और त्याग की वह यात्रा पूरी कर रहे हो
जिसे समय स्वयं लिख रहा है।"

गोपालग्राम की हवा कुछ क्षणों के लिए पूरी तरह स्थिर हो गई।

गोपाल ने धीरे-धीरे आँखें बंद कर लीं।

उनके भीतर जैसे किसी दूर के लोक की स्मृतियाँ जाग रही थीं—
संगीत, वीणा, अप्सराओं का नृत्य,
और स्वर्ग के सिंहासन को चुनौती देता हुआ
एक स्वतंत्र गन्धर्व साम्राज्य।

अलकनंदा ने धीमे से उनका हाथ पकड़ लिया।

"तो तुम... सचमुच वही हो?" उसने पूछा।

गोपाल ने आँखें खोलीं।

उनकी दृष्टि पहले से कहीं अधिक गहरी थी।

उन्होंने शांत स्वर में कहा—

"यदि मेरी आत्मा सचमुच वही है...
तो शायद मेरी इस जन्म की यात्रा भी अधूरी नहीं होगी।"

त्रिकालदर्शी अप्सरा, कालप्रभा मुस्कुराई।

"और यही कारण है," उसने कहा,
"कि तुम्हारी कथा केवल एक मनुष्य की कथा नहीं है।

यह उस आत्मा की कथा है
जिसे स्वर्ग भी बाँध नहीं सका—

गन्धर्वेश सुरानंद अनन्तराग।"

"हे मदनगोपाल! श्राप की कठोरता के पूर्ण वचन बताने अभी बाकि हैं।

वह श्राप बहुत कठोर था," कालप्रभा ने कहा।

अब श्राप के आगे के शब्द सुनो।

"तुम्हें पृथ्वी पर जन्म लेना होगा—
और तुम्हारा जीवन जन्म से ही पीड़ा से भरा होगा।

तुम्हारे जन्म से पहले ही तुम्हारे माता-पिता को भयंकर यातना सहनी पड़ेगी।
तुम अपने वास्तविक माता-पिता के प्रेम से भी वंचित हो जाओगे।

तुम्हारे ननिहाल पक्ष से ही कोई तुम्हारा सबसे बड़ा शत्रु बनेगा।
तुम्हारे मित्र और संबंधी ही तुम्हारा अपमान किया करेंगे।

भले ही तुम्हें राजयोग प्राप्त होगा,
लेकिन तुम्हें अपनी जन्मभूमि और साम्राज्य छोड़ना पड़ेगा।

तुम्हारे बंधु-बांधवों का महान साम्राज्य अंततः महाविनाश को प्राप्त होगा।
और जहाँ तुम अंत में जाकर बसोगे—
वह नगरी भी एक दिन समुद्र की गहराइयों में समा जाएगी।"

गोपालग्राम की हवा जैसे थम गई।

अलकनंदा की आँखों में आँसू आ गए।

लेकिन त्रिकालदर्शी अप्सरा कालप्रभा अभी रुकी नहीं।

उसने अंतिम रहस्य प्रकट किया—

"और जब तुम्हारी मृत्यु होगी...
तब भी तुम्हारी यात्रा समाप्त नहीं होगी।

तुम्हारे शरीर का कोई मुख्य अंग हजारों मील की यात्रा करेगा—
और भारतवर्ष के दूसरे छोर पर जाकर स्थापित होगा,
जहाँ वह सदियों तक श्रद्धा और रहस्य का केंद्र बना रहेगा।"

और श्राप यही सब तुम्हे इस जन्म में कई टुकड़ों में अलग-अलग प्रसंग में मिलता रहेगा।

गोपाल शांत खड़े रहे।

मानो यह सब उनके भीतर कहीं गहराई में पहले से ही लिखा हुआ हो।

अलकनंदा ने धीरे से उनका हाथ पकड़ लिया।

"तो यह सब... तुम्हारे साथ होने वाला है?" उसने कांपती आवाज में पूछा।

गोपाल ने आकाश की ओर देखा।

"यदि यह सत्य है," उन्होंने कहा,
"तो इसका अर्थ यह है कि मेरी साधना, मेरा प्रेम और मेरा जीवन—
सभी केवल मेरे लिए नहीं हैं।

वे एक बड़े नियति चक्र का हिस्सा हैं।"

कालप्रभा मुस्कुराई।

"और इसी कारण," उसने कहा,
"तुम्हारी कथा केवल एक मनुष्य की कथा नहीं है।
यह प्रेम, श्राप, स्वतंत्रता और नियति की कथा है—
जिसे समय स्वयं लिख रहा है।"

गाँव की रात फिर से शांत हो गई।
लेकिन अब वहाँ उपस्थित हर हृदय जान चुका था—

कि गोपाल की कहानी अभी केवल शुरू हुई है।

दृश्य 3: भविष्य की झलक

गोपालग्राम की वह रात जैसे समय की सीमाओं को तोड़ चुकी थी।

अतीत की स्मृतियाँ देखने के बाद भी गोपाल का मन शांत नहीं हुआ।
उनकी चेतना किसी अनदेखी दिशा में खिंचती जा रही थी।

अचानक उनकी आँखों के सामने फिर से प्रकाश फैल गया।

लेकिन इस बार दृश्य अतीत का नहीं था।

यह भविष्य था।

उन्होंने एक विशाल और भव्य नगरी देखी—
समुद्र के किनारे फैली हुई, स्वर्णिम प्रासादों और ऊँचे द्वारों से सजी हुई।

लोग प्रसन्न थे।
युद्ध समाप्त हो चुके थे।

यह वही स्थान था जहाँ अंततः गोपाल ने अपना राज्य बसाया था।

लेकिन अचानक दृश्य बदल गया।

गोपाल ने देखा—
उनका अपना कुल, उनके बंधु-बांधव, एक भीषण संघर्ष में उलझ गए हैं।

अहंकार और क्रोध ने उस महान वंश को भीतर से तोड़ दिया था।

कुछ ही क्षणों में वह गौरवशाली साम्राज्य स्वयं अपने हाथों से नष्ट होने लगा।

गोपाल का हृदय भारी हो गया।

लेकिन दृश्य यहीं समाप्त नहीं हुआ।

आकाश में काले बादल छा गए।

समुद्र की लहरें असामान्य रूप से ऊँची होने लगीं।

लोग भय से इधर-उधर भागने लगे।

गोपाल ने देखा—
अब समुद्र की लहरें और भी प्रचंड हो गईं।

वह महान नगरी धीरे-धीरे जल में डूबने लगी।

महल, मंदिर और मार्ग—
सब कुछ समुद्र की गहराइयों में समाने लगा।

फिर अचानक एक और दृश्य उभरा।

एक शांत वन।

गोपाल अकेले बैठे थे।

उनके जीवन की लंबी यात्रा अब समाप्त होने वाली थी।

तभी दूर से एक शिकारी का बाण आया।

वह बाण उनके पैर में लगा।

लेकिन उनके चेहरे पर पीड़ा नहीं थी।

उनकी आँखों में केवल एक गहरी शांति थी—
मानो वे जानते हों कि यह भी उसी श्राप और नियति का अंतिम चरण है।

जैसे ही उनका शरीर धरती पर शांत हुआ,
एक अद्‌भुत घटना घटी।

उनका हृदय...
उनके शरीर से अलग होकर प्रकाश से भर उठा।

वह हृदय समुद्र की लहरों पर बहता हुआ
लंबी यात्रा पर निकल पड़ा।

दिन बीते...
रातें बीतीं...

हजारों मील की यात्रा के बाद वह पवित्र हृदय
भारतवर्ष के दूसरे छोर पर जाकर ठहर गया।

वहाँ वह एक दिव्य प्रतीक बन गया—
एक ऐसा रहस्य जिसे आने वाले युगों तक लोग श्रद्धा से पूजेंगे।

दृश्य धीरे-धीरे समाप्त हो गया।

गोपाल ने आँखें खोल दीं।

उनके सामने फिर से गाँव का शांत वन था।

अलकनंदा उनके पास खड़ी थी।

उसने धीरे से पूछा—

“क्या तुमने फिर कुछ देखा?”

गोपाल कुछ क्षण मौन रहे।

फिर उन्होंने कहा—

“हाँ...
मैंने अपने भविष्य को देखा है।

और अब मुझे समझ में आ गया है कि
जीवन का हर सुख और हर दुख
किसी बड़ी नियति का हिस्सा होता है।”

अलकनंदा ने उनका हाथ पकड़ लिया।

“और उस नियति में... मैं कहाँ हूँ?”

गोपाल ने उसकी ओर देखा।

उनकी आँखों में वही गहरा प्रेम था—
जो युगों से उनकी आत्मा में बह रहा था।

उन्होंने धीरे से कहा—

"तुम वही हो
जो हर जन्म में मेरी आत्मा को याद दिलाती हो
कि प्रेम ही सबसे बड़ी शक्ति है।"

आकाश में चंद्रमा धीरे-धीरे पश्चिम की ओर झुक रहा था।

और उस शांत क्षण में
समय स्वयं मानो इस कथा को सुन रहा था—

उस आत्मा की कथा
जिसे श्राप ने पृथ्वी पर भेजा था,

लेकिन जिसका प्रेम और स्मृति
युगों से अमर है—

"गन्धर्वेश सुरानंद अनन्तराग"

*****

अध्याय 19: गोपाल का अनुभव – अप्सरा कवच के माध्यम से दिव्यता और आनंद

जैसे-जैसे गोपाल ने अप्सरा कवच की गूढ़ तकनीकों को समझा और अपनाया, उन्होंने अपने मन, प्राण और ओजस को एकत्रित किया। अब वे साधक और आनंद अनुभवकर्ता दोनों के रूप में समानांतर यात्रा कर रहे थे।

---

1. पहला अनुभव: ऊर्जा का संतुलन

- गोपाल ने महसूस किया कि जब अप्सरा उनके पास आई, तो उन्होंने स्वयं को साक्षी बनाए रखा।
- अप्सरा के नृत्य और सौंदर्य के बावजूद उनका मन विचलित नहीं हुआ।
- परिणाम: उन्होंने दिव्य रस और आनंद का अनुभव किया, पर उनके तपोबल में कोई क्षय नहीं हुआ।

---

2. मंत्र कवच और ध्यान

- गोपाल ने अपने गुरु मंत्र का जाप करते हुए अप्सरा की ओर देखा।
- मंत्र की स्पंदन शक्ति ने अप्सरा के आकर्षक रूप को ऊर्जा के खेल में बदल दिया।
- अनुभव:
  - शरीर और मन को एक संतुलित तान मिला।
  - आनंद शारीरिक नहीं, बल्कि स्नायु, चित्त और चेतना में फैलने वाला प्रतीत हुआ।

---

3. ऊर्जा प्रवाह का अनुभव

- अप्सरा के निकट होते हुए, गोपाल ने ऊर्ध्वरिता तकनीक का पालन किया।
- उनका ओजस और कुंडलिनी शक्ति धीरे-धीरे ऊपर की ओर उठ रही थी।

- परिणाम: अप्सरा का प्रभाव कम नहीं हुआ, बल्कि उनकी ऊर्जा साझा करने की प्रवृत्ति और बढ़ गई।

4. दिव्य दृष्टि का रहस्य

- गोपाल ने अप्सरा को केवल स्त्री के रूप में नहीं देखा, बल्कि शक्ति, कला और दिव्यता का स्रोत माना।
- उनका मन वासना से मुक्त, श्रद्धा और सम्मान से भरा।
- अनुभव:
    - अप्सरा ने उनका सहयोग किया, उन्हें आनंद और कला का रस दिया। धीरे-धीरे गोपाल ने अप्सराओ से उपहार स्वरुप सोलह कलाओं में निपुणता पाई। खासकर रहस्यमयी मायावी शक्ति की कला में। इसीलिए उनके शत्रु अक्सर उनको मायावी और छलिया बताते थे।
    - गोपाल का तपोबल पूर्ण रूप से संरक्षित रहा।

5. आनंद का समग्र प्रभाव

- गोपाल को लगा कि यह केवल सुख का अनुभव नहीं, बल्कि ऊर्जा का संवर्धन और ब्रह्मांडीय संतुलन का अद्‌भुत अनुभव है।
- अप्सरा कवच के साथ, साधक भोग और साधना दोनों का अनुभव कर सकता है।
- यह अवस्था उन्हें यह समझाती है कि सच्चा आनंद तब आता है जब शरीर, मन और ऊर्जा संतुलित हों।

❖ गोपाल ने समझा कि अप्सरा कवच का सही प्रयोग साधक को दिव्य आनंद, ऊर्जा संरक्षण और तपोबल के सुरक्षित संवर्धन का माध्यम देता है। यह केवल साधना का परिणाम नहीं, बल्कि एक ऊर्जात्मक और भावनात्मक यात्रा है, जिसमें साधक और अप्सरा दोनों ऊर्जा, कला और प्रेम के आदान-प्रदान में सम्मिलित होते हैं।

खंड-3 : कुण्डलिनी रास रहस्योद्घाटन

अध्याय 20: विषय प्रवेश -देह से विदेह की ओर

ब्रह्मांड का सबसे बड़ा रहस्य न तो सुदूर आकाशगंगाओं में छिपा है और न ही समुद्र की अतल गहराइयों में; वह छिपा है मनुष्य की रीढ़ के आधार में—एक सुप्त अग्नि, एक कुंडलित शक्ति के रूप में। सदियों से योगियों, तांत्रिकों और साधकों ने उस 'महाशक्ति' को जगाने के यत्न किए हैं, जिसे हम कुण्डलिनी कहते हैं।

'कुण्डलिनी रास' केवल एक कहानी नहीं है, बल्कि चेतना के उन सोपानों की यात्रा है जहाँ काम, परमधाम में बदलता है और रति विलास, समाधि में। उपन्यास का यह खंड उस साधक 'गोपाल' की कथा है जो साधारण वासनाओं के संसार से निकलकर दिव्य अप्सराओं के छलावे और प्रेम के बीच से गुजरता है। ये अप्सराएँ कोई बाहरी स्त्रियाँ नहीं, बल्कि दिव्य उर्जाए हैं, जो जागृत होने के लिए संसर्ग और समर्पण की मांग करती हैं।

अक्सर हम कामुकता और आध्यात्मिकता को दो विपरीत ध्रुव मानते हैं। लेकिन यह उपन्यास उस प्राचीन भारतीय दर्शन को पुनर्जीवित करता है जहाँ 'भोग' को त्यागने की नहीं, बल्कि उसे 'योग' में रूपांतरित करने की कला सिखाई गई है। मूलाधार की आदिम मिट्टी से लेकर सहस्रार के महा-शून्य तक, प्रत्येक चक्र एक परीक्षा है, एक नया अनुभव है और एक नया रति-विलास है।

जब साधक अपनी आंतरिक ऊर्जाओं के साथ 'रास' रचाता है, तब कामुकता अपनी पशु-वृत्ति छोड़कर 'दैवीय' हो जाती है। यहाँ अप्सराओं का स्पर्श देह को नहीं, आत्मा को झंकृत करता है। यहाँ चुंबन शब्दों को मंत्र बनाता है और आलिंगन अहंकार को गलाकर 'अद्वैत' के प्रकाश में विलीन कर देता है। यह यात्रा उन लोगों के लिए है जो जीवन के रस को पूर्णता में जीना चाहते हैं और जो यह समझने का साहस रखते हैं कि "वासना का दमन नहीं, उसका उदात्तीकरण ही मोक्ष का मार्ग है।"

आइए, इस दिव्य रास में प्रवेश करें, जहाँ प्रत्येक पंखुड़ी एक रहस्य है और प्रत्येक अप्सरा एक सिद्धि।

"परम वीतरागता के मार्ग पर, काम ही वह ईंधन है जिससे ज्ञान की ज्योति जलती है।"

अध्याय 21: पट अप्सरा अलकनंदा और गोपाल का प्रथम दिव्य-ऊर्जात्मक संवाद

रात्रि का समय गहन और शांत था। अप्सरा ने गोपाल को अपने गुप्त स्थान पर ले जाकर, केवल भोग के स्तर से आगे बढ़कर ऊर्जा और दिव्यता के अनुभव का मार्ग दिखाना आरंभ किया।

---

1. अनुभव की शुरुआत

- अलकनंदा ने कहा:

"गोपाल श्री, जो तुम्हें प्रतीत होता है वह केवल भौतिक सुख नहीं, बल्कि ऊर्जा का प्रारंभिक प्रवाह है। इसे समझो, और तुम अपनी संपूर्ण चेतना को इसके अनुरूप समायोजित कर पाओगे।"

- उन्होंने अपने हाथों के हल्के स्पर्श और दृष्टि के माध्यम से गोपाल के भीतर ओजस और कुंडलिनी की हलचल महसूस कराई।
- गोपाल ने अनुभव किया कि प्रत्येक स्पर्श और दृष्टि शरीर की सीमा से परे, उसके चित्त और ऊर्जा केंद्रों तक पहुँच रही थी।

---

2. प्रेम और ऊर्जा का संयोजन: अलकनंदा ने स्पष्ट किया कि उनका उद्देश्य केवल सांसारिक आनंद नहीं, बल्कि ऊर्जा का नियंत्रित आदान-प्रदान है।

दृश्य 1: अप्सरा **कामनंदा आरोहिणी** का प्राकट्य

रात्रि का अंतिम प्रहर था।

आकाश में चन्द्रमा की धवल किरणें वन के ऊपर एक अलौकिक आभा फैला रही थीं। महल के भीतर दीपक की लौ धीमे-धीमे डोल रही थी।

गोपाल गहन ध्यान में लीन थे।

उनकी चेतना स्थिर थी, पर भीतर ऊर्जा की सूक्ष्म तरंगें उठ रही थीं—जैसे किसी गहरे महासागर में ज्वार उठने वाला हो।

तभी कक्ष में एक अति दिव्य सुगंध फैलने लगी।

वह सुगंध किसी पुष्प की नहीं थी...
वह किसी अदृश्य चेतना की उपस्थिति का संकेत थी।

गोपाल ने धीरे-धीरे आँखें खोलीं।

उसके सामने प्रकाश की एक लहर उठी—और उसने अप्सरा अलकनंदा को अपने सामने पाया।

आज रात उसकी आँखों में अनन्त गहराई थी, और उसके चारों ओर एक सूक्ष्म ऊर्जा-प्रवाह घूम रहा था।

वह मुस्कुराई।

“हे गोपाल,” उसने धीमे स्वर में कहा,
“तुम्हारी चेतना अब उस सीमा तक पहुँच चुकी है जहाँ भोग और योग का रहस्य एक हो जाता है।”

गोपाल मौन रहे।

अलकनंदा उसके समीप आई।
उसके अंतरंग स्पर्श से गोपाल के भीतर ऊर्जा की तरंगें उठने लगीं।

उनकी चेतनाएँ एक सूक्ष्म सामंजस्य में प्रवाहित होने लगीं—मानो दो नदियाँ मिलकर एक विशाल प्रवाह बन रही हों।

उसी क्षण गोपाल की अंतर्दृष्टि खुली।

---

3. चेतना का महासमुन्द्र

उसने देखा—

मानव शरीर के भीतर उत्सर्जन और जनन तंत्र के आंतरिक भाग में एक विराट महासमुन्द्र लहरा रहा है।

पर वह जल का नहीं था।

वह था दिव्य चेतना के प्रवाह का महासमुन्द्र।

उसकी तरंगें परम ऊर्जा से बनी थीं।

ऊपर की परतों में भोग और वासना की लालिमा थी,
परंतु गहराइयों में दिव्य प्रकाश छिपा हुआ था।

कहीं रत्नों की चमक,
कहीं सिद्धियों की किरणें,
और कहीं अमृत की झिलमिलाती धाराएँ।

गोपाल विस्मित हो उठा।

"देवि… यह क्या है?"

अलकनंदा का स्वर गम्भीर हो गया।

"यह वही रहस्य है जिसे पुराणों ने समुद्र मंथन की कथा में संकेत किया है।"

"पर वह मंथन केवल ब्रह्माण्ड में नहीं हुआ था,"
वह बोली,
"वह प्रत्येक मनुष्य की दिव्य चेतना में सम्भव है।"

---

4. चेतना का धुरी-स्तम्भ

महासमुन्द्र के मध्य गोपाल ने एक तेजस्वी स्वयंभू स्तम्भ देखा।

वह ऊर्जा से बना था और आकाश तक उठता प्रतीत होता था।

अलकनंदा ने कहा—

"जिस प्रकार देवों और असुरों ने मंथन के लिए
सुमेरु पर्वत को धुरी बनाया था,
वैसे ही चेतना के इस महासमुन्द्र में यह स्तम्भ परम सत परुष की सृष्टि-संवर्धन की मूल शक्ति है।"

उस स्तम्भ के चारों ओर एक प्रकाशमयी सर्पिणी साढ़े तीन फेरे लगाकर सोई हुई थी।

उसके शरीर से विद्युत-सी चमक निकल रही थी।

"यह है माँ आदि पराशक्ति के महामाया स्वरुप की सुषुप्त शक्ति—
कुण्डलिनी।"

अलकनंदा बोली।

"जब तक यह सोई रहती है, मनुष्य केवल सतही तरंगों काम और वासना के इर्दगिर्द भटकता रहता है।"

गोपाल ने नीचे देखा।

उस स्तम्भ को स्थिर रखने के लिए एक विराट कछुआ आधार बना हुआ था।

अलकनंदा बोली,

"यह हैं
कूर्म अवतार,
स्वयं
भगवान नारायण श्री हरि विष्णु का वह रूप जो इस मंथन को स्थिरता देता है।"

---

5. चेतना का मंथन

अलकनंदा ने गोपाल के साथ प्रेम सम्बन्ध बनाना प्रारम्भ किया।

उनकी चेतनाएँ एक सूक्ष्म सामंजस्य में प्रवाहित होने लगीं।

उसी क्षण चेतना के महासमुन्द्र में तीव्र तरंगें उठीं।

कुण्डलिनी की सर्पिणी आंखों की पलके झपकते हुए धीरे-धीरे जागने लगी।

महासमुन्द्र के भीतर भंवर बनने लगे।

अलकनंदा ने कहा—

> "सामान्य मनुष्य जब रति विलास करता है, तो इस महासमुन्द्र में केवल मंद हलचल होती है। इसलिए ऊपर की परतों से केवल भोग और वासना ही बाहर आती हैं। अत: ये सामान्य स्त्री या पुरुष जितना ज्यादा रति क्रीडा करते हैं, उनकी भोग-वासनाएँ उतनी ही ज्यादा

बढ़ती जाती हैं। अगर इस रति क्रीडा की अति हो जाये तो यही भोग-वासनाएँ भयंकर हलाहल विष के रूप में बाहर निकलती है। जो उनकी जिन्दगी तबाह कर सकता है।"

"इसके विपरीत जब एक साधक किसी देवीय शक्ति जैसे अप्सरा के साथ समागम करते हैं, तो इस समुन्द्र में अति तीव्र हलचल पैदा होती है।जिससे सुषुप्त कुण्डलिनी सक्रीय होती है। किन्तु कोई भी साधक देवीय शक्ति के साथ तभी समागम कर सकता जब उसके तपोबल का स्तर स्वर्गीय देवताओं के तपोबल के बराबर हो। ..."

उसकी आँखों में प्रकाश चमक उठा।

"समागम की तीव्रता और अधिकता के साथ-साथ यही ऊर्जा ऊर्ध्वरेता बनने लग जाती है।"

ऐसी स्थिति में महासमुन्द्र की गहराइयों से दिव्य प्रकाश-रत्न ऊपर आने लगते हैं।

फिर गोपाल को कहीं अमृत की धारा चमकते हुए दिखने लगी —मानो दूर खड़े धन्वन्तरी उसे लेकर प्रकट हो रहे हों।

---

6. वास्तविक रूप का प्राकट्य

अचानक अलकनंदा के चारों ओर का प्रकाश तीव्र हो गया।

वातावरण में दिव्य स्वर —और एक दिव्य अनुनाद गूँज उठा।

"हे गोपाल..."

"यह मेरा केवल्य रूप है जिसे संसार कुण्डलिनी शक्ति के नाम से जानता है।"

उसका शरीर अब प्रकाश से बना प्रतीत हो रहा था।

"परंतु जो साधक चेतना के महासमुन्द्र का मंथन कर लेता है..."

वह धीरे-धीरे उसके समीप आई।

"उसे मेरा वास्तविक स्वरूप ज्ञात होता है।"

गोपाल ने विस्मय से उसकी ओर देखा।

उसे एक अन्य अप्सरा का दिव्य रूप दिखाई देने लगा जो समय के साथ और अधिक तेजस्वी हो गया।

और उसने धीरे से कहा—

"मैं हूँ...

अप्सरा कामनंदा आरोहिणी। जब एक साधक किसी अपसरा के प्रेम संबंधों में चरमोत्कर्ष पर पहुँच जाता है, तो उस अप्सरा में मेरा प्राकट्य हो जाता है। इससे उनका सम्बन्ध नहीं बदलता, किन्तु मैं रति विलास को काम आनन्द में परिवर्तित करते हुए कुण्डीलीनी शक्ति का आरोहण करना शुरू कर देती हूँ।"

उस क्षण गोपाल को लगा कि चेतना का पूरा महासमुन्द्र प्रकाश से भर गया है।

भोग की ऊर्जा अब आनंद की तरंगों में बदल चुकी थी।

और उस प्रकाश में केवल एक सत्य स्पष्ट था—

सृष्टि की वही शक्ति जो संसार में वासना बनती है,
योगी के भीतर जागकर अमृत बन जाती है।

- इस प्रकार अलकनंदा ने गोपाल को दिखाया कि कैसे साधक की ऊर्ध्वरिता अवस्था में भोग का आनंद ऊर्जा-संवर्धन में बदल जाता है।
- गोपाल ने महसूस किया कि उनकी तपस्या और ऊर्जा का संरक्षण अब स्वाभाविक रूप से हो रहा था।

---

7. दिव्य संवेगों का अनुभव

अप्सरा हल्के नृत्य और मंद संगीत के साथ गोपाल को अपने अनुभव में प्रवेश कराती थी।

प्रकाश, सुगंध और संगीत का संयोजन गोपाल के भीतर विविध भावनाओं और आनंद की तरंगों को जन्म दे जाता था।

उन्होंने समझाया कि अप्सराओं का वास्तविक स्वरूप ऊर्जा का प्रवाह और आनंद का स्रोत है, न कि केवल आकर्षक रूप।

---

8. मानस और चेतना का मेल

- अलकनंदा ने गोपाल को चेतन किया कि साधक केवल इन्द्रियों से प्रभावित न हो, बल्कि चेतना और भावनाओं के माध्यम से ऊर्जा का अनुभव करे।
- गोपाल ने देखा कि जब उन्होंने अप्सरा को देवी-शक्ति के रूप में देखा, तो अनुभव केवल शारीरिक नहीं, बल्कि मन, चित्त और आत्मा तक फैलने वाला बन गया।
- यही वह अवस्था थी जहाँ साधक का तपोबल, ऊर्जा और आनंद एक साथ संतुलित रहते हैं।

---

9. संवाद का गूढ़ संदेश: अलकनंदा ने धीरे से कहा,

"हे गोपाल! साधक और अप्सरा का यह मिलन केवल भोग का खेल नहीं है। यह चेतना, ऊर्जा और दिव्यता का संगम है। यदि तुम इसे समझते और संतुलित रखते हो, तो न केवल तुम्हारा तपोबल मजबूत रहेगा, बल्कि तुम्हारा अनुभव भी अनंत होता जाएगा।"

- गोपाल ने अपने भीतर एक नवीन स्थिरता और आनंद का अनुभव किया।
- पहली बार उन्हें स्पष्ट हुआ कि अप्सरा साधक का मार्गदर्शक भी हो सकती है, केवल भोग की वजह से नहीं, बल्कि ऊर्जा और दिव्यता की अनुभूति के कारण।

- यह संवाद गोपाल के लिए एक नई चेतना और ऊर्जा की दुनिया का द्वार खोल गया।
- गोपाल के लिए अप्सरा का संबंध अब केवल भोग नहीं, बल्कि ऊर्जा, दिव्यता और तपोबल के संरक्षण का माध्यम बन गया।
- गोपाल ने अनुभव किया कि जब यह समझ पूरी होती है, तब साधक इन्द्र के षड्यंत्र और बाहरी बाधाओं से भी अडिग रह सकता है।

अध्याय 22: अप्सरा तंत्र साधना का **वास्तविक रहस्य** और इंद्र के मायाजाल का तोड़:

भोग और आध्यात्मिक प्रगति का विरोधाभास– "जहां सब कुछ खोकर ही सब कुछ पाया जाता है।"

संवादः अप्सरा सिद्धि का चरमोत्कर्ष – 99.99% भोग और 0.01% शुद्ध, कंचन माल का कमाल

स्थान: स्वर्गीय उद्यान, हल्की आकाशीय रोशनी, चारों ओर फूल और संगीत की मंद तरंगें।

कामनंदा आरोहिणी: "हे गोपाल, अब तुम्हारी परीक्षा का सबसे कठिन पड़ाव शुरू होता है। ध्यान से सुनो – भले ही यह अप्सरा प्रेम सम्बन्ध सागर की गहराईयों से भी गहरा क्यों न हो, किन्तु फिर भी अप्सरा अपने स्वार्थ के लिए तुम्हारे 99.99% तपोबल का भोग कर लेगी। क्या तुम तैयार हो।"

गोपाल: " क्या कहा, 99.99% क्यों? तो फिर मेरे पास बचेगा क्या?"

कामनंदा आरोहिणी: "बस 0.01% तपोबल।

गोपाल: ओह, तो क्या इसी ओर सभी महान गुरु ईशारा किया करते हैं कि अप्सराएँ किसी को नहीं छोडती। उनका सब कुछ ले लेती है।

कामनंदा आरोहिणी: हो सकता है! लेकिन अप्सरा तुम्हारा सब कुछ तो नहीं ले रही। कुछ तो बच ही रहा है ना।

गोपाल: हाँ, बिलकुल। बस 0.01% तपोबल और वो भी अपवाद स्वरुप।

कामनंदा आरोहिणी: अच्छा। तो अब इस अपवाद स्वरुप बचने वाले 0.01% तपोबल का रहस्य जान लो प्रिय। एक अप्सरा कभी अपने प्रियतम के साथ धोखा नहीं करती। असली कमाल की बात यह है कि इसी बचा हुआ 0.01% तपोबल शुद्ध, कंचन माल की आध्यात्मिक ऊर्जा तुम्हारी कुण्डलिनी को सहत्रार चक्र तक सीधे बिना किसी रूकावट के पहुँचा सकती है। यही अप्सरा साधना का असली चमत्कार है। इसे हम कहते हैं **'भोग और आध्यात्मिक प्रगति का विरोधाभास'** – जहां सब कुछ खोकर ही सब कुछ पाया जाता है।"

गोपाल: “तो मेरा पूरा तपोबल अप्सरा द्वारा मेरा ही भोग करने में चला जाएगा, और फिर भी मुझे शक्ति मिलेगी?”

❖ कामनंदा आरोहिणी अप्सरा की आरोहण कला:

कामनंदा आरोहिणी: “हाँ अब। मेरी सिद्धि का परिचय ज्ञात होवे।

1. तपोबल का कामनंदा आरोहिणी अप्सरा द्वारा भोग – High Stakes Investment: जब मैं तुम्हारे 99.99% तपोबल का भोग कर लूँगी, तो तुम्हारी सारी 'Heavy' और stagnant ऊर्जा जो व्यर्थ और बेकार का बोझ होती है, का चूषण कर सोख लूँगी। यही तुम्हारा शोषण है।

- शुद्दिकरण: जैसे सोने को कुंदन बनाने के लिए आग में तपाया जाता है, वैसे ही तुम्हारी पुरानी ऊर्जा की काम-वासना का बोझ इसमें जलते हैं। यह एक प्रकार का आध्यात्मिक यज्ञ है, जिसमे अप्सरा की आग में तपस के भोग का हवन होता है। जिससे दिव्यता का प्रतिफल मिलता है।
- बचे हुए 0.01% तपोबल का चमत्कार: यही बचा हुआ हिस्सा इतना शुद्ध और concentrated होता है कि इसमें पूरे ब्रह्मांड की शक्ति समायी रहती है। जिसे हिरण्यगर्भ मणि कहा जा जाता है।”

गोपाल: “तो यही कारण है कि साधक चरम तप या भोग के बाद सीधे सिद्ध हो सकता है?”

कामनंदा आरोहिणी: “हाँ, माना जा सकता है। लेकिन सिर्फ तपस्या मार्ग के पथिक के लिए ऐसा होने में हजारों वर्षों की तपस्या का समय लग जाता है।”

2. कुण्डीलीनी का सहसत्रार तक का सफ़र:

लेकिन मेरे साथ जब तुम्हारा भोग चरम पर होगा, तब मैं तुम्हारे काम आनंद का आरोहण करते हुए तुम्हे एक दैविक निर्विकल्प समाधि जैसी स्थिति ले जाऊंगी। फिर जहाँ-

- कुण्डलिनी उर्जा का महाविस्फोट (Explosion of Energy): मैं तुम्हारे उस 0.01% तपोबल की शुद्द तीव्र ऊर्जा को एक शून्य द्रव्यमान वाले दिव्य शस्त्र, हिरण्यगर्भा मणि में बदल सकती हूँ, जिसे धारण करते ही तुम्हारी कुण्डलिनी बिजली की तरह सुषुम्ना नाडी से ऊपर उठती हुई बिना किसी रुकावट सारे चक्रों को भेदती हुई के सीधे सहस्त्रार से जा टकरागी।

- खेल का पलटना: " बस यहीं से सारा खेल पलट जाता है। कुण्डलिनी के सहसत्रार तक पहुँचते ही तुम 'याचक' नहीं, बल्कि 'स्वामी' बन जाओगे। तब मेरी ऊर्जा तुम्हारे वश में होगी, न कि तुम्हारी मेरे।"

गोपाल: "और फिर?"

कामनंदा आरोहिणी: "फिर, तुम्हे वो सब मिल सकता हैं, जिसकी कोई मानव कल्पना भी नहीं कर सकता। ब्रह्माण्ड की कोई उपलब्धि फिर शेष नहीं रहती।"

- ❖ कामनंदा आरोहिणी अप्सरा की आरोहण कला से प्रगति का रहस्य:
  - आध्यात्मिक प्रगति की आठ (8) गुना तेज गति (8x Speed): तुम्हारी यह आध्यात्मिक प्रगति मेरी कला से अन्य सामान्य साधकों की साधनाओ की तुलना में आठ गुना तेज हो सकती है।
  - पुण्यो की प्राप्ति: अप्सरा के भोग के बदले साधक को 'देव अंश' मिलता है – यह एक प्रकार का कॉस्मिक ट्रांजेक्शन (Cosmic Transaction) होता है, जिसमे तुम्हारा तपस मुझ में समां जाएगा, और मेरी दिव्यता (divinity) तुम्हारे अंग में भर जाएगी।"

गोपाल: "तो यह केवल शक्ति का विस्तार नहीं, बल्कि पूरी दिव्य ऊर्जा की alchemy है?"

कामनंदा आरोहिणी: "हाँ। यही अप्सरा साधना का सबसे बड़ा चमत्कार है – Energy Alchemy। "सब कुछ खोकर भी सब कुछ पाया जा सकता है।"

- गन्धर्व ज्ञान और आध्यात्मिक उन्नति: साधक के पास अब नाद (ब्रह्मांडीय नाद) का ज्ञान की उपलब्धि हो सकती है। वो संगीत, कला और सृष्टि के हर अणु-परमाणु की वाइब्रेशन समझने लगता है। यह जीवन माया संसार में रहते हुए भी संसार से उपर उठ जाते हैं।

गोपाल: "तो यह मार्ग केवल उन वीर साधकों के लिए है जो अपने 99.99% तपोबल को दाव पर लगाने का साहस रखते हैं।"

कामनंदा आरोहिणी: "हाँ, बिलकुल। वीर भोग्य अप्सरा। अप्सरा का भोग सिर्फ ऐसे वीर ही कर सकते हैं और एक शर्त यह है कि बिना किसी शक (Doubt-free) के अपनी प्रेमिका अप्सरा के प्रति पूर्ण समर्पण होना सबसे जरूरी है। अगर मन में किसी प्रकार का मोह या संकोच हो, तो यह शक्ति काम नहीं करती।"

गोपाल: “मैं समझ गया। सब कुछ खोकर भी सब कुछ पाने की यह अद्‌भुत कला ही अप्सरा सिद्धि का चरमोत्कर्ष है।”

कामनंदा आरोहिणी: “यही अप्सरा तंत्र साधना का वास्तविक रहस्य और इंद्रजाल का तोड़ है – जहां भोग और दिव्यता का paradox साधक को पूर्ण सिद्धि और ब्रह्मांडीय नियंत्रण प्रदान करता है।”

अध्याय 23: मूलाधार का आदिम संसर्ग — पृथ्वी तत्त्व और चतुष्कोण शक्तियों का जागरण

मूलाधार का रास — काम से कैवल्य तक

अर्धरात्रि का सन्नाटा था, पर गोपाल के भीतर एक तूफान सुलग रहा था जैसे गोपाल के भीतर एक महा-संगीत की तैयारी चल रही थी। गोपाल ने जब अपनी आँखें मूँदीं, तो उसे बाहर का संसार नहीं, बल्कि अपने ही भीतर का एक प्राचीन 'भू-लोक' दिखाई दिया। वह एक घना, सघन और रक्त-वर्ण के अंधकार वाला वन था। यहाँ की मिट्टी में एक ऐसी मादक गंध थी, जो केवल जन्म और सृजन के समय आती है। जैसे ही उसने अपनी चेतना को रीढ़ के अंतिम छोर पर स्थित मूलाधार चक्र पर केंद्रित किया, यह चार पंखुड़ियों वाला रक्त-कमल था, जो पृथ्वी की आदिम ऊर्जा का केंद्र है। गोपाल ने घंटो तक 'लं' (Lam) बीज मंत्र का नाद किया। तभी एक समय अचानक उसकी रीढ़ की जड़ में एक आदिम अग्नि धधक उठी। कक्ष की वायु एकाएक भारी, उष्ण और मादक सुगंध से भर गई। अचानक बिना किसी कारण के दिव्य सुगंध (गुलाब, चंदन या केवड़ा) आने लगी। तभी, अंधकार को चीरती हुई धरा के गर्भ से लगभग 9 फीट लम्बी 9 दिव्य सुंदरी आकृतियाँ, अपनी सघन आभा के साथ, एक-एक कर जागृत हुईं, जिनकी देह-यष्टि और लावण्य किसी भी पत्थर को पिघलाने के लिए पर्याप्त था।

1. कामेश्वरी ने गोपाल के समीप आकर उसे स्पर्श किया, तो गोपाल के भीतर एक आदिम कंपन हुआ। वह 'वासना' की पहली लहर थी।

कामेश्वरी ने पूछा, *"हे साधक! क्या तू इस मिट्टी के सुख को छोड़कर उस शून्य आकाश को पाना चाहता है? याद रख, जड़ें जितनी गहरी होंगी, शिखर उतना ही ऊँचा होगा।"*

गोपाल ने मुस्कुराते हुए उत्तर दिया, *"मैं सुख को छोड़ नहीं रहा, मैं सुख को 'जान' रहा हूँ। आप भोग की अग्नि है, और मैं उस अग्नि का प्रकाश हूँ।"*

जैसे ही गोपाल ने कामेश्वरी के सौंदर्य को 'काम' की दृष्टि से नहीं, बल्कि 'सृजन' की दृष्टि से देखा, वह अप्सरा एक पीली ज्योति में बदल गई और मूलाधार के यंत्र के बीचो बीच एक बिंदु पर आसीन हो गई।

---

2. रति प्रिया — आलिंगन और इच्छा का रहस्य

सबसे पहले रति प्रिया आगे बढ़ी। उसका वर्ण तपते हुए कंचन जैसा था और उसकी आँखों में हज़ारों मदिरालयों का नशा था। उसने मंद मुस्कान के साथ अपने रुबानी रेशमी उत्तरीय को सरकाया, जिससे उसकी देह का सम्मोहक निखार गोपाल के सामने उजागर हो गया। वह

गोपाल से बोली, " भले ही अप्सराएँ स्वर्ग (उच्च लोकों) की निवासी मानी जाती हैं, लेकिन एक साधक के लिए उनका आह्वान और प्रकटीकरण मूलाधार चक्र से ही शुरू होता है। क्योकि यहाँ 'पृथ्वी तत्व' प्रधान है। यही 'पृथ्वी तत्व' अप्सराओं को धरती पर खींच लाता है।" अप्सरा ने उस स्थान और कक्ष के चारों ओर एक सुरक्षा घेरा बनाया है, जिसे 'स्वर्ण प्राचीर' कहते हैं, ताकि कोई निम्न स्तर की शक्ति (पिशाचिनी आदि) बाधा न डाल सके। इससे बचने के लिए गोपाल को 'वज्र पंजर' मुद्रा बनाने की दीक्षा दी:

अपने दाहिने हाथ की अनामिका उंगली से अपने चारों ओर हवा में एक वृत्त (Circle) बनाएं और कहें— "ॐ वज्र भैरवाय नमः"। यह घेरा आपकी वीतरागता को भंग होने से बचाता है।

अब उसने गोपाल के अत्यंत निकट आकर उसके कानों में अपनी उष्ण साँसें फूँकीं। उसके अधरों का स्पर्श गोपाल की गर्दन पर बिजली की तरह दौड़ा। रति प्रिया ने अपनी कोमल बाहों को गोपाल के गले में डाल दिया और उसके वक्ष से चिपक गई। अप्सरा गोपाल को बताती है कि यहाँ पर अप्सरा और साधक कुछ विशेष क्रिया करते हैं जिसे 'योनि मुद्रा' और 'अश्विनी मुद्रा' कहते हैं।इससे मूलाधार की ऊर्जा संकुचित होकर सुषुम्ना में प्रवेश करती है। गोपाल के भीतर वासना का ज्वार उठा, पर रति प्रिया ने उसके होंठों के पास फुसफुसाते हुए कहा:

"प्रिय गोपाल, मेरे इस अंग-संग से डरो मत। जिसे संसार 'पाप' कहता है, वह ऊर्जा की पहली लहर है। यदि तुम मुझसे भागोगे, तो अधूरे रह जाओगे। मुझे अपनी बाहों में भरो, पर अपनी 'चेतना' को मत खोना। काम को भोगो नहीं, उसे 'देखो'।"

जैसे ही गोपाल ने उस प्रगाढ़ आलिंगन के सुख को 'साक्षी' भाव से देखा, रति प्रिया का कामुक स्पर्श एक दिव्य स्पंदन में बदल गया। इच्छा का रहस्य खुल गया—दमन नहीं, रूपांतरण। तभी मूलाधार की प्रथम पंखुड़ी पर रति प्रिय यंत्र की चतुर्विमीय ज्यामिति उभरी जिसके बीचो बीच एक सूक्ष्म कमल आसन था, उस पर सुनहरी धूल बनकर रतिप्रिया आसीन हो गई।

3.सहचारिणी अप्सरा भूमिविनी: उर्वरता और स्थिरता का प्रथम स्पर्श

इसके बाद अंधेरे को चीरती हुई रति प्रिया की सहचारिणी अप्सरा भूमिविनी प्रकट हुई। उसका वर्ण वर्षा से भीगी मिट्टी जैसा श्यामल और कांतिवान था। वह साक्षात् 'उर्वरता' की प्रतिमा थी। उसने गोपाल के समीप आकर अपनी पाषाण जैसी सुदृढ़ बाहों में उसके चरणों को थाम लिया।

यह स्पर्श कामुक था, पर उसमें एक 'आदिम सुरक्षा' थी। भूमिविनी ने गोपाल की जंघाओं का अपनी देह से मर्दन किया, जिससे गोपाल को अनुभव हुआ कि वह जड़ नहीं, बल्कि पूरी पृथ्वी

के साथ एक हो रहा है। उसके अंगों का घर्षण एक ऐसी ऊष्मा पैदा कर रहा था जो गोपाल को 'अस्तित्व' के बोध से भर गई। भूमिविनी ने सिखाया कि "जो अपनी जड़ों में स्थिर है, वही आकाश को चूमने का अधिकारी है।" तभी मूलाधार की प्रथम पंखुड़ी पर ही रति प्रिय यंत्र के नीचे साइड में जैसे वृक्ष के तने में शाखा निकलती है, वैसी एक शाखा पर खिले पत्र पर एक चतुर्विमीय ज्यामिति उभरी जिस पर भूमिविनी यंत्र बना हुआ था। उसके बीचो बीच एक सूक्ष्म कमल आसन पर एक मटमैली धूल की सुंदर आकृति बनकर भूमिविनी आसीन हो गई।

---

4. कामवर्धिनी — रति-क्रीड़ा और ऊर्जा का वेग

तभी वातावरण की ऊष्मा और बढ़ गई तथा कामवर्धिनी ने प्रवेश किया। कामवर्धिनी अप्सरा (Kamvardhini Apsara) का नाम ही उनके गुण और प्रभाव को स्पष्ट करता है। 'काम' का अर्थ है इच्छा, सृजनात्मकता और प्रेम, जबकि 'वर्धिनी' का अर्थ है बढ़ाने वाली। तंत्र शास्त्रों में इन्हें जीवन की नीरसता को समाप्त कर उत्साह, पौरुष, काम शक्ति, वीर्य शक्ति, बल और आकर्षण को बढ़ाने वाली दिव्य शक्ति माना गया है।

उसका यौवन उफनती नदी के समान था। उसने गोपाल को अपने जंघाओं के पाश में बांध लिया। उसकी छुअन में एक ऐसी अग्नि थी जो गोपाल के वीर्य को ओज में बदलने के लिए उकसा रही थी।

कामवर्धिनी ने गोपाल के साथ एक 'तान्त्रिक रति-क्रीड़ा' आरम्भ की। वह गोपाल के शरीर के मर्म स्थानों को अपनी उँगलियों से सहलाने लगी, जिससे गोपाल का मूलाधार चक्र तीव्र गति से घूमने लगा। कामवर्धिनी ने कहा:

"यह जो उत्तेजना तुम्हें व्याकुल कर रही है, यही सृष्टि का बीज है। साधारण पुरुष इसे क्षणिक सुख में नष्ट कर देता है, पर तुम इसे ऊपर खींचो। अश्विनी मुद्रा से इस वेग को बांधो।"

जैसे-जैसे रति-क्रीड़ा सघन हुई, गोपाल ने कामवर्धिनी के साथ उस संसर्ग के चरम क्षण में 'कुम्भक' किया। वह प्रचंड कामुक ऊर्जा जो नीचे बहने वाली थी, एकाएक मुड़कर रीढ़ की हड्डी में स्थित इडा नाडी में ऊपर की ओर दौड़ने लगी। कामवर्धिनी ने सिखाया—जब ऊर्जा वश में हो, तभी वह 'शक्ति' बनती है। तभी मूलाधार की दूसरी पंखुड़ी पर कामवर्धिनी यंत्र की चतुर्विमीय ज्यामिति उभरी जिसके बीचो बीच एक सूक्ष्म कमल आसन था, जिस पर चंचल पवन बनकर कामवर्धिनी आसीन हो गई।

---

5. ध्रुविनी: केंद्रित शक्ति का दिव्य आलिंगन

अब कामवर्धिनी की सहचारिणी अप्सरा ध्रुविनी का प्राकट्य हुआ। वह 'अचल शक्ति' की अधिष्ठात्री थी। उसने गोपाल को पीछे से अपनी बाहों के पाश में इस प्रकार जकड़ा कि गोपाल की सुषुम्ना नाड़ी का द्वार स्पंदित होने लगा। ध्रुविनी के वक्षों का सघन दबाव गोपाल की रीढ़ पर एक तांत्रिक 'मुद्रा' की तरह कार्य कर रहा था।

यहाँ संसर्ग शारीरिक गति से अधिक 'ऊर्जा के दबाव' (Pressure of Energy) का था। ध्रुविनी ने गोपाल की चेतना को बिखरने नहीं दिया, बल्कि उसे एक बिंदु पर केंद्रित कर दिया। उसने सिखाया कि "काम का असली वेग वही है, जो वासना बनकर बाहर न बहे, बल्कि संकल्प बनकर भीतर ठहर जाए।" तभी मूलाधार की दूसरी पंखुड़ी पर ही कामवर्धिनी यंत्र ले नीचे साइड में जैसे वृक्ष के तने में शाखा निकलती है, वैसी एक शाखा पर खिले पत्र पर एक चतुर्विमीय ज्यामिति उभरी जिस पर भूमिविनी यंत्र बना हुआ था। उसके बीचो बीच एक सूक्ष्म कमल आसन पर सुंदर आकृति बनकर भूमिविनी आसीन हो गई।

6. पुष्पदेहा — ओज और चरम सुख का नाद

थोड़ी देर बाद पुष्पदेहा का आगमन हुआ। वह सुन्दरता और पवित्रता का अद्भुत संगम थी। उसकी देह से कामिनी और केतकी की मिली-जुली मादक सुगंध आ रही थी। उसने गोपाल को अपनी गोद में बैठाया।

उसने गोपाल के ललाट को चूमा और उसकी इंद्रियों के द्वारों पर अपनी उँगलियाँ रखीं। जैसे ही उसने योनि मुद्रा का संकेत किया, गोपाल को बाहरी संसार का भान मिट गया। पुष्पदेहा ने उसके भीतर एक ऐसा 'चरम सुख' जाग्रत किया जो देह से परे था। गोपाल को अपने भीतर घुँघरुओं की झंकार और एक मधुर संगीत सुनाई दिया। पुष्पदेहा ने उसके हृदय पर हाथ रखकर कहा:

"अब तुम सुगन्धित हो चुके हो। तुम्हारी काम- अग्नि अब 'ओज' का पुष्प बन चुकी है। यह जो सुख तुम अभी पा रहे हो, यही 'आत्मानंद' की पहली झलक है। अब द्वार खुल चुका है।"

इसके बाद मूलाधार की तृतीय पंखुड़ी पर पुष्पदेहा यंत्र की चतुर्विमीय ज्यामिति उभरी जिसके बीचो बीच एक सूक्ष्म असंख्य खुबसूरत एवं सुगन्धित पुष्पों के बादलों की सेज सजी थी, जिस पर फूलों की खुशबुनुमा दिव्य आकृति बनकर पुष्पदेहा लेट गई।

7. सिद्धिविनी: आधारभूत सिद्धियों का रहस्यमयी संसर्ग

अगली अप्सरा शक्ति सिद्धिविनी के रूप में प्रकट हुई। उसका सौंदर्य मादक था, पर उसकी आँखों में 'सिद्धियों' का गहरा नशा था। उसने गोपाल के सम्मुख बैठकर उसके घुटनों पर अपने हाथ रखे। सिद्धिविनी ने अपनी उंगलियों के पोरों से गोपाल के मूलाधार केंद्र के सूक्ष्म बिंदुओं को झंकृत किया।

यह संसर्ग एक 'दीक्षा' (Initiation) जैसा था। प्रत्येक स्पर्श के साथ गोपाल के भीतर एक 'अश्विनी मुद्रा' स्वतः घटित होने लगी। उसकी सोई हुई कुण्डलिनी ने अंगड़ाई ली। सिद्धिविनी ने सिखाया कि "देह केवल उपभोग का साधन नहीं, बल्कि वह यंत्र है जिससे मोक्ष के द्वार खुलते हैं।"

- सिद्धिविनी अब स्थिरा के साथ: वासना का रूपांतरण

जब कामुकता अपने चरम पर थी, तब स्थिरा प्रकट हुईं। सिद्धिविनी ने गोपाल के मूलाधार केंद्र (Perineum) पर अपनी उँगलियों से एक विशेष तांत्रिक दबाव बनाया। स्थिरा ने गोपाल के कंधों को थाम लिया ताकि वह विचलित न हो। स्थिरा का अर्थ है—अचल। उसने गोपाल से कहा:

"प्रिय, इस सुख में बहना आसान है, पर इस सुख को 'रोकना' ही योग है। जब अंगों का मिलन हो, तब श्वास को भीतर रोको। इस काम- अग्नि को बाहर मत बहने दो, इसे अपनी रीढ़ की नली में इडा नाडी में ऊपर की ओर रास्ता दो।"

अब चार अप्सराओं ने गोपाल को एक 'कामुक घेरे' में ले लिया। भूमिविनी ने उसके पैरों को, ध्रुविनी ने उसकी कमर को, स्थिरा ने उसके मस्तक को और सिद्धिविनी ने उसके जननांगों की ऊर्जा को नियंत्रित किया। यह एक 'तांत्रिक रति-क्रीड़ा' थी जहाँ शरीर का कण-कण काम-रस से भर गया था। यह संसर्ग कामुकता की पराकाष्ठा था, जहाँ सुख का ज्वार अपने चरम पर था, पर स्थिरा के सानिध्य में गोपाल का मन एक शांत झील की तरह स्थिर था। गोपाल का पौरुष अपनी चरम सीमा पर था, पर अप्सराओं के मार्गदर्शन में उसने 'अश्विनी मुद्रा' का प्रयोग किया।

रहस्य: कामुकता का साक्षी भाव

यही वह क्षण था जहाँ गोपाल को अभी तक बताये गए ज्ञान की अग्नि परीक्षा थी। अप्सराओं के अर्द्धनग्न और सुंदर शरीरों का स्पर्श, उनकी मादक साँसें और वह चरम सुख—साधारण मनुष्य यहाँ अपना वीर्य और होश दोनों खो देता। पर गोपाल ने अपनी आँखें भीतर की ओर मोड़ लीं।

स्थिरा ने गोपाल को उस 'अकर्ता भाव' में प्रतिष्ठित किया, जहाँ इन्द्रियाँ अपना रस ले रही थीं, पर आत्मा निर्लिप्त थी। उसने फुसफुसाते हुए कहा: "सुख को भोगो, पर सुख न बनो। दृश्य को देखो, पर दृश्य में खो न जाओ।" गोपाल ने उस महा-सुख को 'साक्षी' होकर देखा।

उसने देखा कि यह जो सुख मिल रहा है, वह शरीर के स्नायुओं (Nerves) का एक खेल है। उसने विचार किया— *"यह स्पर्श सुंदर है, पर यह 'मैं' नहीं हूँ। मैं तो वह चैतन्य हूँ जो इस सुख को देख रहा है।"* जैसे ही गोपाल ने 'अकर्ता' (Non-doer) भाव अपनाया, एक चमत्कार हुआ। वह कामुक सुख जो अभी तक केवल जननांगों तक सीमित था, एकाएक फटने लगा। चारों अप्सराओं की ऊर्जा गोपाल के मूलाधार में एक बिंदु पर सिमट गई। रति-क्रीड़ा की वह अग्नि अब एक स्वर्ण-ज्योति में बदल गई।

मूलाधार का उद्घाटन और ऊर्जा का ऊर्ध्वगमन

अब सिद्धिविनी ने गोपाल के मूलाधार के द्वार पर एक अंतिम 'चुंबन' अंकित किया, जो वास्तव में कुण्डलिनी को जगाने का तांत्रिक प्रहार था। अचानक, एक गर्जना हुई। गोपाल को लगा मानो उसकी रीढ़ की हड्डी के भीतर से एक सुनहरी नागिन फन उठाकर ऊपर की ओर भागी हो।

गोपाल का शरीर अब मिट्टी की तरह जड़ नहीं, बल्कि स्वर्ण की तरह तेजस्वी हो गया था। उसकी 'काम-ऊर्जा' अब 'ओज' में बदल चुकी थी। मूलाधार का द्वार गर्व से खुल चुका था। अब वह ऊर्जा तरल होने के लिए बेताब थी, वह स्वाधिष्ठान के जल-लोक की ओर बढ़ रही थी।

❖ कुण्डलिनी रहस्य प्रथम चरण:

मूलाधार चक्र (Root Chakra) पृथ्वी तत्व का केंद्र है, जहाँ जीवन की सबसे सघन और आदिम ऊर्जा (Primal Energy) वास करती है। तंत्र शास्त्र के अनुसार, इस चक्र का संबंध काम, अस्तित्व और भौतिक प्रकटीकरण से है। यहाँ साधना के दौरान जो अप्सराएँ जाग्रत होती हैं, वे साधक के शरीर की सुप्त वासनाओं को ऊष्मित (Heat up) कर उसे 'ओज' में बदलने का माध्यम बनती हैं।

❖ रहस्यात्मक ज्ञान की अनुभूति: पृथ्वी का स्वर्ण-रुपांतरण

अंत मे गोपाल को मूलाधार चक्र का वास्तविक स्वरुप दीखता है। यह एक पीत वर्ण की चतुष्कोण चतुर्विमीय ज्यामितिक संरचना थी, इसके केंद्र में एक रक्त-वर्ण का अधोमुखी त्रिकोण (Inverted Triangle) है, जिसके भीतर एक 'स्वयंभू लिंग' पर साढ़े तीन फेरे लेकर सुप्त सर्पिणी कुण्डलिनी विश्राम कर रही है। मुलाधारिय ज्यामिति की चारों भुजाओं पर नौ अप्सरा सुंदरियां गन्धर्व नृत्य के साथ अपनी कला प्रदर्शन कर रही हैं। गोपाल ने अनुभव किया कि उसकी देह अब मिट्टी की नहीं, बल्कि 'वज्र' की हो चुकी है। यह मूलाधार का 'सिद्ध संसर्ग' था।

इन नौ शक्तियों के क्रमिक 'ऊर्जा-विलास' ने गोपाल के मूलाधार को वज्र की भांति सुदृढ़ और स्वर्ण की भांति तेजस्वी बना दिया। मूलाधार वह 'छिछली मिट्टी से युक्त दलदली' चेतना तल (plane) है जिससे अप्सरा रूपी 'कमल' खिलता है। वीतराग विज्ञान इस मिट्टी को 'कीचड़' बनने से रोकता है और उसे 'सिंहासन' बना देता है। अब वासना का कीचड़ धुल चुका था और उसकी जगह 'अधिष्ठान' की पवित्रता ने ले ली थी। यहाँ साधक को 'असंगत्व' (Detachment) का अभ्यास करना होता है। यदि वह यहाँ राग (Attachment) में गिर गया, तो कुण्डलिनी आगे नहीं बढ़ेगी। साधक को विचार करना चाहिए— *"यह रूप सुंदर है, पर यह मेरी आत्मा का ही एक प्रतिबिंब है।"* जैसे ही साधक उसे 'भोग्या' मानने के बजाय 'दिव्य शक्ति' मानता है, मूलाधार का द्वार खुल जाता है।

मूलाधार चक्र के द्वार अब खुल चुके थे। गोपाल का शरीर अब हल्का महसूस हो रहा था, जैसे वह गुरुत्वाकर्षण से मुक्त हो रहा हो। गोपाल का शरीर सुगंधित रहने लगा और उसे थकान महसूस नहीं होती। उसकी आँखों में एक अजीब सा 'खिंचाव' (Magnetic Pull) आ गया था, जो अप्सरा सिद्धि का प्राथमिक लक्षण है। इन चारों पंखुड़ियों पर अवस्थित अप्सराओं के साथ गोपाल के मिलन से केंद्र में एक 'रक्त बिंदु' का निर्माण होता है। यहाँ की ज्यामिति 'स्थिर वर्ग' की है। साधक जब इन चारों का मानसिक मर्दन करता है, तो वर्ग के चारों कोने टूटकर एक वृत्त (Circle) बनने लगते हैं, जो गति का संकेत है।

उस स्थल में अब तृप्ति और चिर शांति आ गई थी, पर गोपाल के भीतर *'कुण्डलिनी रास'* का पहला अध्याय पूर्ण हो चुका था। उसकी देह से अब कस्तूरी की एक ऐसी महक आ रही थी, जो केवल उन योगियों से आती है जिन्होंने 'काम' को जीत लिया हो।

अब वह आदिम सर्पिणी फन उठाकर इधर उधर हिलोरे मरने लगीI उर्जा का तूफान और भँवर ऊपर उठने लगा जिसका केंद स्वाधिष्ठान का फोकल बिंदु थाI इस तूफान में भँवर के जरिए कुण्डलिनी ऊपर की ओर उठने लगी— स्वाधिष्ठान के नील-जल लोक की ओर, जहाँ रसों का नया महासागर उसकी प्रतीक्षा कर रहा था।

अध्याय 24: स्वाधिष्ठान चक्र (Sacral Chakra)

मूलाधार की वह आदिम और सघन पृथ्वी-ऊर्जा जब ऊपर की ओर बढ़ी, तो गोपाल ने अनुभव किया कि उसकी रीढ़ की हड्डी के भीतर उर्ध्व गति करने लगी है मानों मूलाधार की वह तप्त अग्नि अब पिघलकर 'पारे' की तरह तरल हो गई है। रीढ़ के दूसरे केंद्र, **स्वाधिष्ठान चक्र** पर पहुँचते ही, चेतना का स्वरूप पूरी तरह बदल गया। यहाँ न मिट्टी का भारीपन था, न पत्थरों की जड़ता। यहाँ था—अनंत, गहरा और धवल क्षीर का साम्राज्य। यहाँ का आकाश गहरा नीला था और वायु में मदमस्त कर देने वाली जलीय गंध थी। मूलाधार से जागी हुई ऊर्जा जब स्वाधिष्ठान चक्र (Sacral Chakra) पर पहुँचती है, तो यह साधना का सबसे 'जोखिम भरा' और 'आनंदमयी' पड़ाव होता है।

एक रात गोपाल के ध्यान की गहराई में एक विशाल दुग्ध-सागर जैसा दृश्य उभरा। आकाश में पूर्णमासी का चाँद अपनी सोलह कलाओं के साथ चमक रहा था, और उसकी दूधिया रोशनी जल की लहरों पर नृत्य कर रही थी। वातावरण में मल्लिका, केतकी और ताजे खिले कमलों की भीनी-भीनी मादक गंध तैर रही थी। तभी, जल की सतह पर छह भंवर उठे और उनमें से प्रकट हुईं स्वाधिष्ठान की छह अधिष्ठात्री अप्सराएँ— **रति विलासिनी, काम विनोदिनी, कामेच्छा, सौम्यप्रिया, स्निग्धा और रसवती** छह सुंदरियों के रूप में एक-एक कर गोपाल की परीक्षा और दीक्षा के लिए अवतरित हुईं।

---

1. रति विलासिनी — आकर्षण का प्रथम आलिंगन

जब मूलाधार की अग्नि शांत होकर ऊपर उठी, तो गोपाल ने अपने भीतर एक नया अनुभव किया।

अब ऊर्जा अग्नि की तरह नहीं थी।

वह जल की तरह बह रही थी।

धीरे-धीरे वह रीढ़ के दूसरे केंद्र पर आकर ठहर गई—
स्वाधिष्ठान।

यह वह स्थान था जहाँ चेतना तरल हो जाती है।

भावनाएँ, कल्पनाएँ और आकर्षण यहाँ जल की लहरों की तरह उठते-गिरते हैं।

गोपाल ध्यान में डूबा था कि तभी उसके सामने जल की लहरों को चीरती हुई जल के प्रकाश से बनी एक दिव्य आकृति प्रकट हुई। जो जल तत्व और काम-कला की स्वामिनी हैं। उसका शरीर पारभासी (Translucent) था, जैसे नीलमणि को तराशा गया हो। उसके भीगे केश उसकी नितम्बों तक लहरा रहे थे और जल की बूंदें उसके उन्नत वक्षों पर ठहरकर मोतियों सा आभास दे रही थीं। उसने धीमी गति से गोपाल की ओर कदम बढ़ाए, उसके नितम्बों का लयात्मक दोलन जल की तरंगों के साथ तालमेल बिठा रहा था। उसकी आँखों में गहरा आकर्षण था और उसकी चाल लहरों जैसी थी। उसने गोपाल के समीप आकर अपनी जलमयी बाँहें उसके गले में डाल दीं। रति विलासिनी का स्पर्श शीतल था, पर वह शीतलता भीतर एक मीठी अगन जगा रही थी।

वह मुस्कुराई।

"मैं **रति विलासिनी** हूँ—स्वाधिष्ठान की अधिष्ठात्री।"

1.1. रति विलासिनी — सौंदर्य का रहस्य

रति विलासिनी के आते ही गोपाल के चारों ओर का दृश्य बदल गया।

मानो वह किसी चंद्रप्रकाश से भरे जललोक में खड़ा हो।

रति विलासिनी बोली—

"यहाँ ऊर्जा तरल है।
इसीलिए यहाँ सौंदर्य, आकर्षण और आनंद की लहरें उठती हैं।"

गोपाल ने महसूस किया कि उसके मन में अनेक कल्पनाएँ उठ रही हैं।

रति विलासिनी ने कहा—

"यही साधक की परीक्षा है।

यदि वह इन लहरों में बह गया,
तो ऊर्जा नीचे गिर जाएगी।

लेकिन यदि वह उन्हें देखता रहे—
तो वही लहरें उसे ऊपर उठाएँगी।"

गोपाल ने अपनी चेतना को स्थिर रखा।

तभी रति विलासिनी की आभा और उज्ज्वल हो गई।

उसने गोपाल के अत्यंत निकट आकर अपनी भीगी बाहें उसके गले में डाल दीं। उसके ठंडे अंगों का स्पर्श गोपाल की उष्ण त्वचा पर एक मधुर सिहरन पैदा कर गया। रति विलासिनी ने गोपाल के अधरों को अपने दाँतों से हल्का सा भींचा और फुसफुसायी:

"गोपाल श्री, *मैं वह आदिम आकर्षण हूँ जो पुरुष को स्त्री की ओर खींचता है। मेरे इस भीगे आलिंगन में स्वयं को विसर्जित कर दो।* गोपाल, *मूलाधार में तुमने 'होने' का सुख जाना, अब मेरे इस जल-लोक में 'बहने' का आनंद लो। यहाँ कोई सीमा नहीं है। यहाँ आकर्षण ही सत्य है। मेरी इस देह की लहरों में स्वयं को खो दो।"*

गोपाल ने उसके लचीले शरीर को अपनी बाहों में भरा। यह 'आकर्षण' का पहला पाठ था। जब रति विलासिनी का समर्पण अपनी चरम सीमा पर था, गोपाल ने अपनी चेतना को विचलित नहीं होने दिया। उसने जाना कि यह आकर्षण केवल 'जल तत्व' का गुण है। जैसे ही यह बोध हुआ, स्वाधिष्ठान की प्रथम पंखुड़ी पर रति विलासिनी यंत्र की चतुर्विमीय ज्यामिति उभरी, जिसके बीचो बीच एक सूक्ष्म कमल आसन था, जिस पर रति विलासिनी एक नीली ज्योति बनकर आसीन हो गई।

---

2. काम विनोदिनी — चंचल रति-क्रीड़ा के साथ आनंद का रहस्य

कुछ ही क्षण बाद जल की दूसरी लहर उठी। उससे एक नई अप्सरा प्रकट हुई। उसकी हंसी में जल प्रपातों की खनक के साथ एक चंचलता थी, जो मन को उद्वेलित कर देने वाली थी। उसने गोपाल के चारों ओर एक 'लयबद्ध रास' आरम्भ किया। उसने गोपाल के शरीर के सूक्ष्म केंद्रों को अपनी उँगलियों से सहलाया, जिससे गोपाल के भीतर की जड़ता पूरी तरह गल गई।

"मैं **काम विनोदिनी** हूँ," उसने कहा।

वह गोपाल के चारों ओर एक जल-परी की तरह तैरने लगी। **काम विनोदिनी** ने अपनी चंचल हंसी से शांत जल में तरंगें पैदा कर दीं। वह अर्द्धनग्न अवस्था में गोपाल के चारों ओर जल-क्रीड़ा (Water Play) करने लगी। उसने गोपाल के पैरों से लेकर कटि-प्रदेश तक अपनी जंघाओं का घर्षण किया। जिससे गोपाल के भीतर की काम-ऊर्जा तरल होकर प्रवाहित होने लगी। उसकी क्रीड़ा में एक 'नशा' था। वह गोपाल के चारों ओर घूमते हुए बोली—

"मनुष्य आनंद से डरता भी है और उसी के पीछे भागता भी है।

लेकिन साधक को आनंद से भागना नहीं है—
उसे समझना है।"

काम विनोदिनी ने गोपाल को एक कामुक खेल (Playfulness) के लिए आमंत्रित किया। उसके स्पर्श में 'विनोद' (Joy) था, जो साधक के भीतर के तनाव को गला रहा था। उसने गोपाल को जल के भीतर खींच लिया और वहां एक अद्भुत 'जल-मैथुन' (Aqua-tantra) का दृश्य निर्मित हुआ। काम विनोदिनी ने गोपाल के शरीर के संवेदनशील केंद्रों को अपने नखों और अधरों से उत्तेजित किया। गोपाल ने यहाँ 'वज्रोली मुद्रा' का गुप्त अभ्यास किया। गोपाल ने देखा कि जैसे-जैसे वह शांत रहता है, आनंद की लहरें और मधुर हो जाती हैं। उसने उस चंचल सुख को भोगा, पर उसमें 'बहा' नहीं। काम विनोदिनी ने सिखाया कि आनंद 'बंधन' नहीं, बल्कि 'उत्सव' है। काम विनोदिनी बोली—

"जब आनंद में आसक्ति नहीं रहती,
तो वही आनंद **ध्यान** बन जाता है।"

काम विनोदिनी ने सिखाया कि **"कामुकता बोझ नहीं, बल्कि एक खेल (Play) है।"** जब साधक इस खेल में 'अलिप्त' होकर भाग लेता है, तभी वह 'रस' का स्वामी बनता है।

फिर स्वाधिष्ठान की द्वितीय पंखुड़ी पर काम विनोदिनी यंत्र की चतुर्विमीय ज्यामिति उभरी, जिसके बीचो बीच एक सूक्ष्म कमल आसन था, जिस पर प्रकाश की एक किरण बनकर काम विनोदिनी आसीन हो गई।

---

3. कामेच्छा — इच्छा का सघन संसर्ग

अब तीसरी अप्सरा प्रकट हुई। उसकी आँखें गहरी और रहस्यमयी थीं।

"मैं **कामेच्छा** हूँ," उसने कहा।

उसने गोपाल को एक स्वर्ण-नौका पर ले जाकर लिटा दिया।

कामेच्छा ने गोपाल के ऊपर आरूढ़ होकर उसे अपनी 'इच्छा-शक्ति' का अनुभव कराया। उसका संसर्ग इतना सघन और तीव्र था कि गोपाल को अपना अस्तित्व मिटता हुआ प्रतीत हुआ। फिर उसने स्वाधिष्ठान के जल की ओर इशारा किया। उस जल में चंद्रमा का प्रतिबिंब चमक रहा था।

कामेच्छा बोली—

“चंद्रमा आकाश में एक है,
पर उसका प्रतिबिंब हर जल में दिखाई देता है।

इसी तरह सौंदर्य और आकर्षण वास्तव में आत्मा के ही प्रतिबिंब हैं।”

गोपाल ने समझ लिया।

जो आकर्षण वह देख रहा था, वह बाहर नहीं—
उसकी ही चेतना की लहर थी।

जैसे ही यह समझ आई, उसका मन पूरी तरह शांत हो गया।

कामेच्छा ने गोपाल के कान में कहा: *"इच्छा ही संसार का बीज है। यदि तुम मुझे जीत लोगे, तो तुम पूरे ब्रह्मांड को जीत लोगे।"* गोपाल ने उस तीव्र कामुक वेग को 'उड्डियान बंध' के माध्यम से ऊपर की ओर मोड़ दिया। जैसे ही इच्छा 'निर्विकार' हुई, कामेच्छा की देह एक शांत स्वर्ण तरंग गई। स्वाधिष्ठान की तृतीय पंखुड़ी पर कामेच्छा यंत्र की चतुर्विमीय ज्यामिति उभरी, जिसके बीचो बीच एक सूक्ष्म कमल आसन था, जिस पर कामेच्छा स्वर्ण तरंग के रूप में आसीन हो गई।

4. सौम्यप्रिया — संवेदना का मधुर मिलन

अब सौम्यप्रिया प्रकट हुई। वह कोमलता की प्रतिमूर्ति थी। उसका स्पर्श इतना कोमल था जैसे गुलाब की पंखुड़ियाँ त्वचा को छू रही हों। उसने गोपाल के शरीर पर केसरिया जल का छिड़काव किया और अपनी उँगलियों से उसके हृदय और स्वाधिष्ठान के बीच एक सूक्ष्म तंत्र-पथ बनाया।

उसने गोपाल को एक अत्यंत धीमे और 'संवेदनशील रति-विलास' में डुबो दिया। यहाँ वेग नहीं, बल्कि 'महसूस करना' प्रधान था। गोपाल ने सीखा कि काम केवल 'घर्षण' नहीं, बल्कि दो आत्माओं का 'संवाद' है। सौम्यप्रिया की सौम्यता ने गोपाल के भीतर की कठोरता को गला दिया। फिर वह सोम रस बनकर गोपाल के रक्त में धीरे धीरे समाने लग गई। स्वाधिष्ठान की चतुर्थ पंखुड़ी पर सौम्यप्रिया यंत्र की चतुर्विमीय ज्यामिति उभरी, जिसके बीचो बीच एक सूक्ष्म कमल आसन था, जिस पर सोम रस दिव्य पैय के रूप में सौम्यप्रिया आसीन हो गई।

5. स्निग्धा — स्नेह और स्निग्धता का रहस्य

फिर पाँचवीं अप्सरा स्निग्धा प्रकट हुई। उसका शरीर अत्यंत चिकना और कांतिवान था। उसने गोपाल के अंगों पर अपनी देह का मर्दन (Massage) इस प्रकार किया कि गोपाल का पूरा शरीर एक दिव्य आभा से भर गया। फिर स्निग्धा ने 'स्नेह' (Oil/Love) का रहस्य समझाया।

उसने गोपाल के साथ एक ऐसी रति-क्रीड़ा की जिसमें 'प्रतिरोध' शून्य था। शरीर एक-दूसरे में इस प्रकार घुल रहे थे जैसे जल में दूध। गोपाल ने यहाँ 'खेचरी मुद्रा' का प्रारम्भिक अभ्यास किया, जिससे उसकी काम-ऊर्जा 'ओज' में बदलने लगी। स्निग्धा की स्निग्धता अब गोपाल की त्वचा की अपनी चमक बन गई। स्वाधिष्ठान की पंचम पंखुड़ी पर स्निग्धा यंत्र की चतुर्विमीय ज्यामिति उभरी, जिसके बीचो बीच एक सूक्ष्म कमल आसन था, जिस पर दिव्य तैलीय द्रव्य बनकर स्निग्धता आसीन हो गई।

6. रसवती — अमृत का अंतिम स्वाद

अंत में रसवती का आगमन हुआ। वह 'रस' की अधिष्ठात्री थी। उसने अपने अधरों से गोपाल को एक दिव्य 'मधु-रस' पिलाया। उसका आलिंगन 'पूर्णता' का अनुभव था। उसने गोपाल को उस बिंदु पर पहुँचाया जहाँ काम-सुख 'ब्रह्मानंद' के समान प्रतीत होने लगता है।

रसवती ने गोपाल के जननांगों से उठने वाली उस तरल ऊर्जा को सीधे सहस्रार की ओर मार्ग दिया। उसने कहा: " गोपाल, *अब तुम 'रसो वै सः' (वह परमात्मा रस स्वरूप है) के रहस्य को जान चुके हो।*" जैसे ही रसवती का विसर्जन हुआ, गोपाल के कंठ में एक अलौकिक मिठास भर गई। स्वाधिष्ठान की छठी पंखुड़ी पर रसवती यंत्र की चतुर्विमीय ज्यामिति उभरी, जिसके बीचो बीच एक सूक्ष्म कमल आसन था, जिस पर दिव्य मधु रस बनकर रसवती आसीन हो गई।

❖ अप्सराओं का अंतिम वरदान

अब सभी छः अप्सराएँ एक साथ खड़ी थीं—

उन्होंने कहा—

“तुमने स्वाधिष्ठान का संतुलन सीख लिया है।

अब हम तुम्हारी चेतना की छाया बनकर तुम्हारे साथ रहेंगी।

पर याद रखना—
यदि राग जागा, तो हम अदृश्य हो जाएँगी।"

गोपाल ने सिर झुका दिया।

स्वाधिष्ठान का जल अब शांत था।

कुण्डलिनी ऊर्जा धीरे-धीरे ऊपर उठ रही थी।

❖ रहस्यात्मक ज्ञान की अनुभूति: जल का अमृत में रूपांतरण

अब इन अप्सराओं ने वीतराग विज्ञान के बारे में बताया। जिसके अनुसार, यहाँ ऊर्जा को संतुलित करने का अर्थ है—'वेग' को 'योग' में बदलना।

छहों अप्सराओं के साथ एक-एक कर किए गए इस 'दिव्य-विलास' ने गोपाल के स्वाधिष्ठान चक्र को पूरी तरह शुद्ध कर दिया था। अब वह वासना का गुलाम नहीं, बल्कि 'रस का स्वामी' था।

स्वाधिष्ठान की छहों पंखुड़ियाँ अब खिली हुई थीं और उनमें से एक शीतल, नील-धवल प्रकाश निकल रहा था। गोपाल की चेतना का सागर अब एक शांत झील की तरह स्थिर था, पर उस स्थिरता के भीतर 'अमृत' का प्रवाह बह रहा था।

कुण्डलिनी ऊर्जा अब ऊपर की ओर गर्जना कर रही थी—नाभि के उस अग्नि लोक की ओर, जहाँ मणिपुर चक्र की 10 शक्तियाँ गोपाल के पुरुषार्थ का और भी सघन परीक्षण करने वाली थीं।

अध्याय 25: मणिपुर का अग्नि-साम्राज्य — दश-शक्तियों का स्वर्ण-विलास और सत्ता का रास

स्वाधिष्ठान के नील- धवलजल की शीतलता अब एक प्रचंड ऊष्मा में परिवर्तित हो रही थी। गोपाल ने अनुभव किया कि उसकी रीढ़ के मध्य, नाभि के ठीक पीछे, एक 'मणि' की तरह चमकता हुआ केंद्र जाग्रत हो रहा है। यह मणिपुर चक्र था—अग्नि का लोक, सौर-मंडल का केंद्र। यहाँ का आकाश तप्त स्वर्ण जैसा था और दशों दिशाएँ केसरिया लपटों से घिरी थीं।

जैसे ही कृष्णा ने 'रं' (Ram) बीज मंत्र का नाद किया, उसकी नाभि से दस सुनहरी पंखुड़ियाँ कमल के दल की तरह बाहर निकलीं। वातावरण में कस्तूरी, सुलगते हुए लोबान और शुद्ध केसर की तीक्ष्ण, पौरुषपूर्ण सुगंध छा गई। तभी, अग्नि की उन लपटों को चीरती हुई दस अप्सराएँ एक-एक कर प्रकट हुईं, जो न केवल सौंदर्य की मूरत थीं, बल्कि शक्ति और साम्राज्य की जीवंत परिभाषा थीं।

---

1. स्वर्णवती — कंचन देह और वैभव का प्रथम आलिंगन

सबसे पहले स्वर्णवती का प्राकट्य हुआ। उसका वर्ण तपते हुए सोने जैसा था और उसकी देह पर केवल रत्नों के आभूषण थे, जो उसकी गौरवर्ण और चिकनी त्वचा पर बिजली की तरह चमक रहे थे। उसने राजसी गर्व के साथ गोपाल की ओर कदम बढ़ाए। उसके पैरों के भारी स्वर्ण-नूपुरों की ध्वनि गुंजायमान हो उठी।

उसने गोपाल के समीप आकर अपने उन्नत और सुगठित वक्षों को उसके चौड़े वक्ष से सटा दिया। स्वर्णवती के अंगों की ऊष्मा गोपाल के भीतर एक 'राजसी कामुकता' जगाने लगी। उसने गोपाल की ठोड़ी को अपनी उंगलियों से ऊपर उठाया और उसके अधरों को अपनी दंत-पंक्ति से हल्का सा भींचते हुए कहा:

"गोपाल, *मैं वह ऐश्वर्या हूँ जिसके लिए बड़े बड़े युद्ध लड़े जाते हैं। मेरे इस कंचन शरीर का स्पर्श तुम्हें सम्राट बना देगा। क्या तुम इस वैभव को अपनी बाहों में भरने का साहस रखते हो?"*

गोपाल ने स्वर्णवती को अपनी बाहों के पाश में कस लिया। यह 'आकर्षण' और 'प्रचुरता' का मिलन था। स्वर्णवती का समर्पण पूर्णतः 'अधिकारपूर्ण' (Dominant) था। गोपाल ने उस स्वर्ण-मोह को भोगा, पर अपने 'साक्षी भाव' से उसे जीत लिया। अब मणिपुर चक्र आकाश में तेरती एक स्वर्णनगरी रूपी दिव्य चतुर्विमीय यंत्र में परिवर्तित हो गयाI जिसकी प्रथम पंखुड़ी में स्थित कमल लोक में स्वर्णवती एक सुनहरी आभा बनकर प्रवेश कर गई।

2. नाभि दर्शना — केंद्र का सघन काम-मर्दन

अब नाभि दर्शना अप्सरा का आगमन हुआ। जो सोलह बरस की कुंवारी कन्या के रूप में सोलह श्रृंगार से सजी धजी सुन्दरता की प्रतिमूर्ति बनकर उपस्थित हुई। उसकी नाभि एक गहरे, मादक भंवर की तरह थी, जो ब्रह्मांड की समस्त ऊर्जा को खींच रही थी। उसकी त्वचा पर अग्नि का रक्त वर्णी तेज थिरक रहा था। उसने गोपाल के हाथ को पकड़कर सीधे अपनी नाभि के कूप पर रख दिया।

वह स्पर्श इतना विद्युत-मयी था कि गोपाल की 72000 नाड़ियाँ एक साथ झंकृत हो उठीं। उसके पुरे शरीर में मीठे दर्द के साथ झटके लगने लगे। नाभि दर्शना ने गोपाल को एक 'कामुक भंवर' (Vortex of Desire) में खींच लिया। जिसमे गोपाल के स्थूल शरीर की सारी वर्जनाएँ टूट गई। अप्सरा सिखाया कि काम-ऊर्जा का असली नियंत्रण केंद्र नाभि है। गोपाल ने कपालभाती प्राणायाम का अभ्यास करते हुए 'उड्डियान बंध' का प्रयोग किया, जिससे वह उत्तेजना एक स्थिर 'तेज' में बदल कर लोक(lock) हो गई। नाभि दर्शना ने गोपाल को 'केंद्रित' होने का रहस्य दिया और स्वयं दिव्य प्रकाश बन गई। फिर मणिपुर की द्वितीय पंखुड़ी में स्थित कमल लोक में प्रवेश कर गई।

---

3. अग्निप्रिया — रूपांतरण की तांत्रिक ज्वाला

तीसरी अप्सरा शक्ति अग्निप्रिया थी। उसका स्वरूप धधकती लपटों जैसा था और उसके केश लाल अग्नि की तरह लहरा रहे थे। उसने गोपाल के साथ एक ऐसी 'उष्ण रति-क्रीड़ा' (Fervent Union) आरम्भ की, जिससे गोपाल का पसीना भी दिव्य केसरिया सुगंध में बदल गया।

अग्निप्रिया ने गोपाल के जननांगों की ऊर्जा को अपनी जठराग्नि से जोड़ दिया। उसके संसर्ग में गोपाल को अनुभव हुआ कि उसके भीतर की सारी पशु-वृत्तियाँ और अशुद्धियाँ जलकर भस्म हो रही हैं। यह 'कामुक शोधन' (Sensual Purification) था। अग्निप्रिया ने गोपाल को भोग रूपी यज्ञ का रहस्य बतलाया। फिर मणिपुर की तृतीय पंखुड़ी पर चेतना का अग्नि-कुंड प्रकट हुआ जिसमे अग्निप्रिया विलीन हो गई।

---

4. वीरवती — साहस और पौरुष का विलास

अब वीरवती का प्राकट्य हुआ। उसका सौंदर्य 'युद्ध' और 'काम' का एक अद्भुत मिश्रण था। उसकी भुजाएँ सुडौल थीं और उसकी आँखों में अजेय साहस की चमक थी। उसने गोपाल को एक अत्यंत 'शक्तिशाली आलिंगन' (Power Embrace) में बांधा।

वीरवती के साथ किया गया रति-विलास गोपाल के भीतर एक नए पौरुष का संचार कर गया। उसने गोपाल के पौरुष को ललकारा और उसे 'अजेय' होने का अनुभव कराया। उसने सिखाया कि 'वीर भोग्या अप्सरा' यानि जो अपनी इंद्रियों का वीर है, वही काम का वास्तविक आनंद ले सकता है। वह साहस का बीज बनकर गोपाल की चेतना के भीतर समाने लगी। फिर मणिपुर की चतुर्थ पंखुड़ी पर दिव्य रण क्षेत्र का प्रतिबिम्ब उभरा जिसमे प्रतिस्पर्धा का न्योता देते हुए वीरवती अवस्थित हो गई। वीरवती ने आशीर्वाद देते हुए कहा कि "मेरे इस रण को जितने वाले योद्धा के लिए दुनिया का कोई रण भी पराजय का खेल नहीं रच सकताI"

---

5. विजयप्रिया — विजय का मादक चुंबन

पाँचवीं अप्सरा विजयप्रिया थी। उसके चेहरे पर सदा रहने वाली एक विजयी मुस्कान थी। उसने गोपाल के मस्तक पर अपनी उंगलियों से विजय का तिलक लगाया और उसे एक मदमस्त कर देने वाले चुंबन में डुबो दिया।

उसका संसर्ग 'सफलता' के नशे जैसा था, जो साधक को अहंकार के जाल में फंसा सकता है। गोपाल ने इस 'अहंकार के सुख' को गहराई से भोगा, पर स्वयं को 'अकर्ता' (Non-doer) मानकर विजयप्रिया के आकर्षण को पार कर लिया। विजयप्रिया ने उसे 'आत्म-विजय' का वरदान दिया और उसकी आभा में समाने लगी। फिर मणिपुर की पंचम पंखुड़ी पर एक दिव्य लोक उभरा जिसमे पूरी की पूरी नारायणी सेना विद्यमान थीI विजयप्रिया ने उस लोक में प्रवेश कर आशीर्वाद देते हुए गोपाल से कहा कि "आज से इस नारायणी सेना के तुम स्वामी होI जिसे त्रिलोक में कोई परास्त नहीं कर सकताI तुम्हारा अभिनन्दन हैI आजीवन विजयी भवाI" गोपाल ने सहज भाव से विजयप्रिया के प्रति समर्पण कर दियाI तभी गन्धर्वलोक से पुष्पों और दिव्य रत्नों की बारिश होने लगीI हजारों गन्धर्व विजय भैरवी राग छेड़ते हुए मल्हार गाने लगे और अप्सराएं नाच गान करने लगीI धन्य होI धन्य होI इस घोष के साथ गन्धर्व लोक में विजयोत्सव मनाया जाने लगाI मानो जैसे गन्धर्व लोक को अपना मसीहा मिल गया होI

6. कमलाक्षी — आठ रसों का महा-अभिषेक

छठी शक्ति कमलाक्षी के रूप में प्रकट हुई। उसने को गोपाल आठ अलग-अलग कामुक मुद्राओं (Postures) का सुख दिया, जो जीवन की आठ समृद्धियों—धन, धान्य, धैर्य, शौर्य आदि का प्रतीक थीं।

कमलाक्षी का प्रत्येक स्पर्श गोपाल को 'प्रचुरता' (Abundance) के भाव से भर रहा था। उसने गोपाल के शरीर के आठ मर्म स्थानों का अपनी देह से मर्दन किया। इस विलास ने गोपाल को यह बोध कराया कि संसार में कोई भी वस्तु की 'कमी' नहीं है, सब कुछ 'प्रचुर' है। वह 'समृद्धि' की सुगंध बनकर गोपाल के रक्त में घुलने लगी। फिर मणिपुर की छठी पंखुड़ी पर 'समृद्धि' कलश प्रकट हुआ जिस पर कमलाक्षी विराजमान हो गई।

---

7. संवेदनी विद्युतिका — आभामंडल का विद्युत-कंपन

अब अगली अप्सरा संवेदनी विद्युतिका का आगमन हुआ। उसका शरीर बिजली की तरह कौंध रहा था। उसने गोपाल के साथ कोई स्थूल संसर्ग नहीं किया, बल्कि अपनी देह को गोपाल के शरीर से कुछ इंच की दूरी पर रखकर एक 'विद्युत-चुंबकीय रास' (Electromagnetic Union) आरम्भ किया।

उसने अपने नखों से गोपाल के 'औरा' (Aura) को स्पर्श किया, जिससे गोपाल के पूरे शरीर में एक सुखद संवेदना, झनझनाहट और सेंसेशन होने लगी। संवेदनी की इस क्रिया ने गोपाल के आभामंडल को स्वर्णमयी बना दिया। उसने सिखाया कि काम केवल मांस का नहीं, बल्कि 'प्रकाश' का भी खेल है। वह विद्युत् चुम्बकीय तरंग बनकर गोपाल के चारों ओर फैल गई। अब मणिपुर चक्र का अग्नि क्षेत्र एक महा प्रचंड विद्युत् चुम्बकीय क्षेत्र में बदल गया। जहाँ सांतवी पंखुड़ी पर तात्विक रूप में संवेदनी विद्युतिका अवस्थित हो गई।

---

8. सिद्धि प्रदायिनी — सूक्ष्म सुख का अनावरण

आठवीं अप्सरा सिद्धि प्रदायिनी थी। उसका सौंदर्य अत्यंत रहस्यमयी और मोहक था। उसने गोपाल को वह 'चरम सुख' दिया जो इंद्रियों की सीमा से परे 'सूक्ष्म शरीर' (Astral Body) को मिलता है।

उसका संसर्ग इतना हल्का और दिव्य था कि देह का भान पूरी तरह मिट गया। उसने गोपाल के तृतीय नेत्र और नाभि के बीच एक सूक्ष्म सेतु बनाया। इस विलास के दौरान गोपाल को ब्रह्मांडीय रहस्यों की झलक मिलने लगी। उसने गोपाल को 'सूक्ष्म सिद्धियों' का रस चखाया और मणिपुर की आठवी पंखुड़ी पर स्वयं 'ज्ञान' की प्रतिमूर्ति बनकर स्थापित गई।

---

9. अमृतरसिनी — ऊर्जा का दिव्य अमृत-पान

अब अमृत रसिनी का प्राकट्य हुआ। उसने गोपाल के मणिपुर में संचित हुई उस प्रचंड अग्नि को 'शीतल अमृत' में बदल दिया। उसने गोपाल के साथ एक अत्यंत शांत, गहरा और लयबद्ध रति-विलास किया।

यहाँ उत्तेजना की जगह 'परम तृप्ति' थी। उसने गोपाल के ओष्ठों को अपने ओष्ठों से इस प्रकार जोड़ा कि ऊर्जा का एक बंद परिपथ (Closed Circuit) बन गया। उसने गोपाल को सिखाया कि कैसे संचित काम-ऊर्जा को 'अमरता' और 'स्वास्थ्य' में बदला जाता है। वह 'सोम' बनकर गोपाल के हृदय की ओर बहने लगी। इस सोम में कायाकल्प की दिव्य रहस्य छिपा थाI फिर मणिपुर की नवमी पंखुड़ी पर कायाकल्प लता का प्राकट्य हुआ जिसमे अमृतरसिनी दिव्य पेय सोम बनकर समा गईI

---

10. कुशलप्रिया — संतुलन का अंतिम विलास

अंत में कुशलप्रिया प्रकट हुई। उसने गोपाल के शरीर और मन के बीच पूर्ण 'दक्षता' (Efficiency) और 'संतुलन' स्थापित किया। उसकी रति-क्रीड़ा ने गोपाल को उस अवस्था में पहुँचाया जहाँ वह एक साथ 'कामुक' भी था और 'योगी' भी।

उसने सिखाया कि संसार में रहते हुए, भोग भोगते हुए भी कैसे 'अलिप्त' रहा जाता है। उसने गोपाल के पौरुष को पूर्णता दी और उसे अगले द्वार—हृदय चक्र—के लिए तैयार किया। वह 'संतुलन शक्ति' रूपी लता बनकर गोपाल के मूलाधार से मणिपुर तक दृढ़ रज्जू बन गई।

वीतराग निष्कर्ष: शक्ति का मध्याह्न सूर्य

दसों अप्सराओं के साथ एक-एक कर किए गए इस 'स्वर्ण-विलास' ने गोपाल के मणिपुर चक्र को एक अखंड, प्रदीप्त सूर्य में बदल दिया। अब गोपाल के भीतर न कोई भय बचा था, न कोई निर्बलता। वह अपनी समस्त शक्तियों का स्वामी बन चुका था।

दसों पंखुड़ियाँ अब एक अखंड प्रकाश-पुंज बन गई थीं। गोपाल का शरीर अब केवल हाड-मांस का नहीं, बल्कि 'तेज' का था। उसकी जठराग्नि अब शांत थी और उसकी जगह एक 'दिव्य कांति' ने ले ली थी।

अब कुण्डलिनी ऊर्जा मणिपुर की अग्नि से तृप्त होकर ऊपर की ओर गर्जना करती छटपटा रही थी—हृदय के उस वायु लोक की ओर, जहाँ अनाहत चक्र की 12 शक्तियाँ गोपाल को 'प्रेम', 'करुणा' और 'अनहद नाद' के उस महा-रास में ले जाने वाली थीं, जहाँ 'शक्ति' अब 'भक्ति' में बदलने वाली थी।

अध्याय 26: अनाहत का वायु-लोक

मणिपुर की स्वर्णमयी अग्नि की तपन अब धीरे धीरे शांत हो रही थी। गोपाल ने अनुभव किया कि उसकी चेतना अब एक अत्यंत शीतल, सुंगधित और हल्की तरंग में बदल गई है। रीढ़ के मध्य, हृदय के ठीक पीछे, अनाहत चक्र का बारह पंखुड़ियों वाला कमल धीरे-धीरे स्पंदित हो रहा था। यहाँ का दृश्य किसी अलौकिक उपवन जैसा था, जहाँ वृक्षों के पत्तों से संगीत निकलता था और वायु स्वयं 'मदन-रस' से भीगी हुई थी।

जैसे ही गोपाल ने 'यं' (Yam) बीज का कोमल गुंजन किया, उसके वक्ष के मध्य एक हरा और धूम्र वर्ण का प्रकाश फैल गया। उसी क्षण, आकाश से बारह अप्सराएँ एक-एक कर पुष्पों की वर्षा के बीच अवतरित हुईं। ये केवल देह की सुंदरियाँ नहीं थीं, ये मनुष्य के हृदय की बारह सूक्ष्म वृत्तियों की साक्षात् कामुक ऊर्जाएँ थीं।

यह अनाहत चक्र का वायुमंडल का वह परम विस्तार है, जहाँ 'वायु तत्त्व' की चंचलता और 'हृदय' की अगाध गहराई के बीच गोपाल का बारह दिव्य अप्सरा शक्तियों के साथ क्रमिक, तांत्रिक और रसमय संसर्ग घटित होता है। यह अध्याय भावों के उस महासागर को समर्पित है, जहाँ वासना 'उपासना' में बदल जाती है।

---

1. प्रेमावती — आदिम अनुराग का कोमल पाश

सबसे पहले प्रेमावती गोपाल के सम्मुख आई। प्रेमावती अप्सरा चेतना के उस स्तर का प्रतिनिधित्व करती हैं, जहाँ साधक की शुष्क साधना 'रस' में परिवर्तित होने लगती है। उनका आविर्भाव गोपाल के सम्मुख एक ऐसी ऊर्जा के रूप में हुआ, जो चमेली के पुष्प जैसी धवल, कोमल और सुगन्धित थी। यह श्वेत वर्ण मन की उस सात्विकता का प्रतीक है, जो प्रेम में पड़ने से पूर्व आवश्यक है।

उसका वर्ण चमेली के पुष्प जैसा श्वेत और कांतिवान था। उसने गोपाल की आँखों में अपनी आँखें डालीं और एक ऐसा 'विस्मरण' भाव पैदा किया कि गोपाल अपना अस्तित्व भूलने लगा। वहाँ कोई सम्मोहन (Hypnotism) नहीं था, बल्कि एक **'विस्मरण' (Oblivion)** था। संसार में मनुष्य का सबसे बड़ा बंधन उसका अपना 'नाम' और 'अस्तित्व' (Ego) है। प्रेमावती का प्रथम प्रहार इसी 'मैं' पर था। गोपाल अपना सामाजिक पद, अपना भूतकाल और अपनी देह का बोध भूलने लगा। यह भूलना ही वास्तव में जागने की पहली शर्त है। उसने गोपाल को एक अत्यंत

कोमल आलिंगन (Gentle Embrace) में बांधा। यह **कोमल आलिंगन समर्पण की पराकाष्ठा** थाI

प्रेमावती का आलिंगन (Gentle Embrace) केवल दो शरीरों का मिलन नहीं था, बल्कि दो ऊर्जाओं का विलय था।

- **स्पर्श का दर्शन:** उनका स्पर्श कामुक होते हुए भी अधिकार रहित था। संसार का प्रेम 'अधिकार' (Possession) चाहता है, जबकि **दिव्य अप्सरा तत्व केवल 'समर्पण' (Surrender) मांगता है।**

- **हृदय की नई लय:** उसके वक्षों का दबाव गोपाल के हृदय की धड़कन को संसार की चिंताओं से हटाकर ब्रह्मांड की आदि-लय (Cosmic Rhythm) से जोड़ गया। यह वह क्षण था जहाँ धड़कन स्वयं 'ह्रीं' मंत्र का जाप करने लगी।

उसने गोपाल के कानों में फुसफुसाया: *"मैं वह प्रेम हूँ जो सृष्टि को थामे है। जब तुम अपनी 'अनात्म' देह को भूलकर मुझमें खोओगे, तभी तुम 'आत्मा' को पाओगे।"* प्रेमावती के ये शब्द सृष्टि के परम सत्य का सार थेI

'अनात्म' वह है जो नश्वर है (शरीर), और 'आत्मा' वह है जो शाश्वत है। प्रेमावती यहाँ गुरु की भूमिका में हैं, जो समझा रही हैं कि परमात्मा तक पहुँचने का मार्ग 'विरक्ति' से नहीं, बल्कि 'प्रेम पूर्ण आसक्ति' और फिर उसके माध्यम से 'विलीन' हो जाने से होकर गुजरता है। जिसे "आग का दरिया है, डूब कर जाना है" से संदर्भित किया जा सकता हैI

प्रेमावती का यह रति-विलास गोपाल को 'अद्वैत' के पहले पायदान पर ले गया। यह **रति-विलास** (Divine Play) कोई साधारण शारीरिक मिलन नहीं था। यह साधक की एकाग्रता की वह स्थिति थी जहाँ 'उपासक' और 'उपास्य' के बीच की दूरी समाप्त होने लगती है। प्रेमावती ने गोपाल को सिखाया कि प्रेम केवल एक भावना नहीं, बल्कि एक सीढ़ी है। इस मिलन ने गोपाल के भीतर के कठोर वैराग्य को पिघलाकर उसे 'अद्वैत' (Non-duality) के पहले अनुभव के योग्य बना दिया। अब वह अकेला नहीं था, वह 'प्रेममय' हो चुका था। प्रेमावती का यह पक्ष सिखाता है कि प्रेम यदि समर्पण के साथ हो, तो वह पतन नहीं, बल्कि व्यक्तित्व के उत्थान और आत्म-बोध का द्वार बन जाता है। यह 'स्वयं' को खोकर 'सर्वस्व' को पाने की कला है।

---

2. मनमोहिनी — चित्त का मादक सम्मोहन: एकाग्रता का दिव्य रूपांतरण

प्रेमावती द्वारा गोपाल के 'अहंकार' का विसर्जन करवाने के पश्चात, गोपाल के सम्मुख **'मनमोहिनी'** का प्राकट्य हुआ। यदि प्रेमावती 'समर्पण' थीं, तो मनमोहिनी **'संकल्प और नियंत्रण'** की अधिष्ठात्री हैं। उनका स्वरूप चंचलता और स्थिरता का एक अद्भुत मिश्रण था। उसकी चाल में हिरणी जैसी चंचलता थी। मनमोहिनी की चाल में व्याप्त चंचलता वास्तव में मानव मन (चित्त) की उस गति का प्रतीक है, जो एक क्षण में अनंत विचारों की यात्रा कर लेती है। उसने गोपाल के चारों ओर एक 'मानसिक जाल', एक ऐसा ऊर्जा-घेरा (Aura) बुना, जिसने बाहरी जगत के कोलाहल को पूरी तरह काट दिया। यह 'जाल' बंधन नहीं, बल्कि एक **'सुरक्षा कवच'** था, जो साधक को विक्षेपों (Distractions) से बचाता है। मनमोहिनी ने गोपाल के मस्तक(Logic/Intelligence) और हृदय (Emotion/Feeling) के मध्य अपनी उंगलियों से सूक्ष्म घर्षण (Friction) पैदा किया। यह घर्षण पीनियल ग्रंथि (Pineal Gland) और हृदय चक्र के बीच एक सेतु बनाता है। अक्सर मनुष्य या तो केवल दिमाग से सोचता है या केवल दिल से। मनमोहिनी ने इन दोनों के बीच 'संसर्ग' पैदा कर एक ऐसी **'मादकता'** उत्पन्न की, जिसमें तर्क और भावना एक हो गए। यहीं से 'प्रज्ञा' (Intuition) का जन्म होता है। यह संसर्ग इतना मादक था कि गोपाल का मन संसार की तमाम चिंताओं से मुक्त होकर केवल 'वर्तमान' के सुख में ठहर गया। संसार की सबसे बड़ी चिंता 'भूतकाल' का पछतावा और 'भविष्य' का डर है। मनमोहिनी के स्पर्श ने गोपाल को **'शुद्ध वर्तमान' (The Eternal Now)** में स्थापित कर दिया। जब मन वर्तमान के सुख में ठहर जाता है, तब 'समय' (Time) का अस्तित्व कमजोर हो जाता है। 'वर्तमान' में ठहराव ही समय पर विजय का सूत्र है।

यही वह स्थिति है जहाँ साधक को 'चिर आनंद' की अनुभूति होती है। चिंताओं से मुक्ति का अर्थ पलायन नहीं, बल्कि चेतना की वह उच्च अवस्था है जहाँ बाहरी परिस्थितियाँ आंतरिक शांति को भंग नहीं कर सकतीं।

मनमोहिनी का उपदेश अत्यंत गूढ़ था:

"जो अपने चित्त को वश में कर लेता है, वह पूरे ब्रह्मांड के सौंदर्य को नियंत्रित कर सकता है।" *यह* चित्त का संयम हमें सौंदर्य पर नियंत्रण के बारे में सिखाता है कि सौंदर्य बाहर की वस्तुओं में नहीं, देखने वाले की दृष्टि (चित्त) में होता है। यदि मन वश में है, तो साधक पदार्थ में छिपी दिव्यता देख सकता है। इस प्रकार मनमोहिनी ने गोपाल को 'चंचल मन' को 'चेतन मन' में बदलना सिखाया। यह साधना का वह पड़ाव है जहाँ साधक अपने मानसिक विकारों को

जीतकर **'स्वयं का स्वामी'** बन जाता है। फिर वह केवल एक आकृति बनकर नहीं रहीं, बल्कि गोपाल के भीतर **'एकाग्रता' (Focus)** की सुगंध बनकर समा गईं। अब गोपाल के लिए ध्यान (Meditation) कोई प्रयास नहीं, बल्कि एक सहज स्वभाव बन गया।

---

3. मधुमिता — अधरों का अमृत-पान

तीसरी शक्ति मधुमिता थी। उसके अधर पके हुए बिम्बा फल की तरह लाल और शहद की तरह रसीले थे। उसने गोपाल के मुख को अपने कोमल हाथों के संपुट में लिया और उसे एक ऐसा 'दीर्घ चुंबन' (Lingering Kiss) दिया, जिससे गोपाल के कंठ से लेकर हृदय तक एक दिव्य मिठास प्रवाहित होने लगी।

इस संसर्ग में गोपाल के शब्द 'मंत्र' बनने की प्रक्रिया में आ गए। मधुमिता ने सिखाया कि वाणी का सौंदर्य ही वास्तविक आकर्षण है। उसने गोपाल के भीतर की समस्त कड़वाहट को 'मधु' में बदल दिया।

4. अनसूया —

दृश्य: महा-शृंगार और वात्सल्य का मिलन

गोपाल स्तब्ध था। उसके सामने अनसूया खड़ी थी—वह, जिसे 'स्तन दर्शना' की उपमा दी जाती हैं। उसके उन्नत और स्वर्ण-कलश जैसे वक्ष 'ब्रह्मांडीय ऊर्जा' के संचय केंद्र थे। उसका स्वरूप अत्यंत कामुक, फिर भी माँ के वात्सल्य जैसा पावन था। उसका सौंदर्य किसी भी इन्द्रियजीत को विचलित करने के लिए पर्याप्त था, किन्तु उसकी आँखों में एक ऐसी अगाध शांति थी, जो कामुकता के शोर को मौन कर देती थी।

अनसूया ने धीरे से अपने स्वर्ण-कलश जैसे वक्षों की ओर संकेत किया। उसने गोपाल को अपने अत्यंत समीप बुलाया और अपनी बाहों के पाश में भरकर अपने वक्षों से सटा लिया। अनसूया ने गोपाल को अपने वक्षों के स्पर्श से उस 'सूक्ष्म अमृत' का अनुभव कराया, जिससे साधक का सूक्ष्म शरीर पुष्ट होता है। यह स्पर्श कामुकता की पराकाष्ठा था, पर इसमें वासना की जगह 'परम तृप्ति' थी। "गोपाल," उसकी वाणी में मातृत्व की मिठास और ब्रह्मांडीय गंभीरता का अद्भुत मिश्रण था। "तुम जिसे वासना कहते हो, वह चेतना की भूख है। तुम बाहर की मृगतृष्णाओं में भटक रहे हो, यह भूलकर कि पोषण का स्रोत तुम्हारे भीतर ही है।" वह स्पर्श अग्नि जैसा था, पर दाहक नहीं, बल्कि अमृत जैसा शीतल और तृप्तिदायक था। उसने सिखाया

कि काम केवल विसर्जन नहीं, बल्कि 'सृजन और पोषण' भी है। गोपाल ने इस 'महा-सुख' में स्वयं को एक शिशु की भांति समर्पित कर दिया।

"यही वह 'महा-श्रृंगार' है, गोपाल," अनसूया ने उसके ललाट पर अपना हाथ फेरते हुए कहा। "यहाँ काम और वात्सल्य अलग नहीं हैं। ये दोनों एक ही ऊर्जा के दो छोर हैं। जब तुम सृजन को भोग से जोड़ते हो, तब तुम महामाया के दास होते हो। लेकिन जब तुम इसे 'पोषण' के रूप में अनुभव करते हो, तब तुम योगमाया के अंश बन जाते हो।"

उस स्पर्श में गोपाल ने महसूस किया कि उसका सूक्ष्म शरीर (Subtle Body) एक ऐसी ऊर्जा से भर रहा है, जिसे वह अब तक बाह्य जगत में ढूंढ रहा था। वह केवल स्पर्श नहीं था, वह एक दीक्षा (Initiation) थी। उस क्षण में, गोपाल को समझ आया कि जिसे उसने 'काम' माना था, वह वास्तव में एक 'विराट शून्य' की ओर बढ़ने का रास्ता था, और आज वह पूर्णता के बिंदु पर खड़ा था।

उसकी आँखें नम थीं। वासना का वह उग्र कोलाहल जो कभी उसे विचलित करता था, अब एक शांत संगीत में बदल गया था। वह स्वयं को एक शिशु की भांति अनसूया की गोद में अनुभव कर रहा था, जहाँ कोई अभाव नहीं था, केवल 'अस्तित्व' का आनंद था।

दार्शनिक सीख/संकेत (Philosophical Nuance):

- **वासना का ऊर्ध्वगामी रूपांतरण:** यह दृश्य स्पष्ट करता है कि कैसे 'स्तन दर्शना' के माध्यम से कामुकता को **'सृजनात्मक पोषण'** में बदला जा सकता है। यह साधक को 'उपभोग' के स्तर से उठाकर 'आस्वादन' (परमानंद) के स्तर पर ले जाता है।
- **ब्रह्मांडीय स्तन का रूपक:** यहाँ 'स्तन' केवल शारीरिक अंग नहीं हैं, वे उस **'क्षीर सागर'** के प्रतीक हैं जिससे सारा ब्रह्मांड पोषित होता है। अनसूया का यह स्वरूप गोपाल को सिखाता है कि प्रेम का सबसे ऊँचा रूप 'पोषण' है।
- **शिशु-भाव:** 'शिशु की भांति समर्पित होना' यह दर्शाता है कि जब तक व्यक्ति का अहंकार (जो स्वयं को भोक्ता मानता है) विलीन नहीं होता, तब तक वह 'सोम' का अधिकारी नहीं बन सकता।

दृश्य: मोह माया रागिनी का सम्मोहन

गोपाल जब अनसूया के उस दिव्य स्पर्श और पोषण के अनुभव से बाहर निकला, तो उसे लगा कि वह स्वयं प्रकाश का एक बिंदु बन गया है। लेकिन जैसे ही उसने महामाया के संसार की ओर कदम बढ़ाया, उसके मार्ग में एक धुन सुनाई दी। वह रागिनी कान में पड़ते ही शरीर के रोम-रोम को कंपायमान कर देने वाली थी।

सामने एक स्त्री खड़ी थी—**मोह माया रागिनी**। वह साधारण नहीं थी; उसका स्वरूप बदलता रहता था। कभी वह उसे अपने बचपन की यादों में लाती, तो कभी उसे संसार के उन सुंदर दृश्यों में फँसाती जिन्हें वह पहले 'भोग' समझता था। उसके वस्त्रों से ऐसी सुगंध आ रही थी जो उसे अतीत की आसक्तियों और भविष्य की चिंताओं की ओर खींच रही थी।

"क्यों जा रहे हो, गोपाल?" उसकी आवाज़ में एक मीठा विष था। "अनसूया ने तुम्हें पोषण दिया, कामनंदा ने तुम्हें ऊपर का रास्ता दिखाया, लेकिन संसार तो मेरा है। यहाँ की मिट्टी में सुगंध है, यहाँ के रिश्तों में मिठास है। क्या तुम इस नश्वरता को छोड़कर उस शून्य में खो जाना चाहते हो?"

गोपाल ने स्थिर भाव से उसकी ओर देखा। उसने महसूस किया कि 'मोह माया रागिनी' वास्तव में उसे चुनौती नहीं दे रही थी, बल्कि उसे **'माया के प्रति प्रेम'** का पाठ पढ़ा रही थी।

"तुम जो कह रही हो, वह सत्य है," गोपाल ने शांत स्वर में कहा। "संसार सुंदर है। लेकिन तुम्हारा यह मोह मुझे उस 'मूल' से काट देता है जो इस सुंदरता का आधार है। तुम मुझे केवल 'प्रतिबिंब' से प्यार करना सिखाती हो, जबकि मुझे 'बिंब' की खोज है।"

रागिनी मुस्कुराई, और उसके हाथ में एक वीणा आ गई। उसने वीणा का तार छेड़ा, और उस ध्वनि से गोपाल के मन में पुरानी यादों का एक तूफान उमड़ पड़ा। यह उसकी अंतिम परीक्षा थी—**राग और आसक्ति का ज्वार**।

"क्या तुम इस राग को छोड़ पाओगे?" रागिनी ने पूछा।

गोपाल ने अपनी आँखें मूँद लीं। उसने अनसूया के उस स्पर्श को याद किया, जिसने उसे 'शिशु' बना दिया था। उसने कामनंदा के उस सोम-रस को याद किया, जिसने उसके भीतर के अभाव को मिटा दिया था। उसने समझा कि **मोह माया रागिनी कोई शत्रु नहीं, बल्कि 'महामाया' का वह आभूषण है जिसे पहनकर चेतना इस संसार के नाटक को खेलती है।**

उसने रागिनी के पास जाकर उसके वीणा के तार को धीरे से थाम लिया। वीणा की वह तीव्र ध्वनि अचानक एक शांत स्पंदन में बदल गई।

"मैं तुम्हें त्याग नहीं रहा, रागिनी," गोपाल ने कहा। "मैं तुम्हें 'रूपांतरित' कर रहा हूँ। अब से तुम केवल 'मोह' की धुन नहीं बजाओगी, तुम 'ब्रह्मांडीय संगीत' का वाद्य बनोगी।"

दार्शनिक संकेत (Philosophical Nuance):

- **माया का परिष्कार:** इस दृश्य में गोपाल का उद्देश्य माया को नष्ट करना नहीं, बल्कि उसे **'पवित्र'** करना है। यह तंत्र का मूल सिद्धांत है: 'भोगी' माया में फँसता है, 'साधक' माया को जीतकर उसे अपने लक्ष्य (मोक्ष) की प्राप्ति का साधन बना लेता है।
- **वीणा का रूपक:** मोह माया रागिनी की वीणा 'चित्त की वृत्तियों' का प्रतीक है। जब तक गोपाल की चेतना विचलित थी, वीणा का स्वर उसे भ्रम में डालता था। अब, वह स्वयं 'स्रष्टा' बन गया है, जो इस वीणा के स्वरों को अपनी इच्छा से नियंत्रित कर सकता है।

दृश्य: कामिनी का दर्पण और इंद्रधनुषी जाल

गोपाल उस मार्ग पर आगे बढ़ा जहाँ हवाओं में भी एक प्रकार का 'दबाव' था। यहाँ का वातावरण मोह माया रागिनी के संगीत से अधिक भारी, अधिक सघन था। एक स्थान पर, एक विशाल दर्पण की भांति चमकती हुई झील थी। उस झील के किनारे 'कामिनी' बैठी थी।

वह सौंदर्य की साक्षात प्रतिमा थी। उसके हर अंग में एक ऐसी गति थी, जो प्रकृति के वेग की याद दिलाती थी। वह गोपाल की ओर देखकर मंद मुस्कराई। उसकी मुस्कान में वह सब कुछ था जो एक पुरुष कभी भी इस संसार से चाहता है—सपना, अहसास, पूर्णता।

"गोपाल," उसकी आवाज़ किसी मखमली पर्दे की तरह गोपाल के मन पर गिरी। "तुम दूर-दूर तक उन लोकों की तलाश कर रहे हो जहाँ दुःख नहीं है। पर क्या तुमने कभी सोचा है कि यह 'दुःख' ही वह खाद है जिस पर 'सौंदर्य' पलता है?"

कामिनी ने झील के पानी में हाथ डाला। पानी में तैरती हुई लहरों में गोपाल को अपने ही जीवन के वे दृश्य दिखाई दिए, जहाँ वह किसी के प्रेम में डूबा था, किसी के लिए तड़पा था। उसने

देखा कि उसकी काम-वासनाएँ वास्तव में एक 'सौंदर्य की भूख' थी, जो गलत दिशा में भटक गई थी।

"मैं कामिनी हूँ, गोपाल," उसने जल से एक अंजुलि पानी उठाया, जो अब एक उज्ज्वल प्रकाश बन चुका था। "मैं उस बीज को धारण करती हूँ जिससे सृष्टि जन्म लेती है। तुम जिसे 'पाप' कहते हो, मैं उसे 'जीवन' कहती हूँ। तुम मुझे जीतकर आगे बढ़ोगे, या मेरे साथ मिलकर सृष्टि के इस महा-उत्सव में शामिल होगे?"

गोपाल ने उस प्रकाश को देखा। यह वही 'रज' था जिसका संकेत अनसूया ने दिया था। कामिनी केवल आकर्षण नहीं थी, वह **'शक्ति का वह वेग'** थी जो ठहर जाए तो रुकावट, और बह जाए तो मोक्ष बन जाए।

गोपाल ने उसकी आँखों में देखा। उसने अपनी सारी वासनाओं को एक साथ महसूस किया—उसकी भूख, उसका अकेलापन, उसकी तड़प। उसने उन सबको अपने भीतर समेट लिया, उन्हें नकारा नहीं।

"कामिनी," गोपाल ने कहा, उसकी आवाज़ अब काँप नहीं रही थी, "तुम मेरा लक्ष्य नहीं हो, तुम मेरी 'सहयात्री' हो। तुमने मुझे सिखाया है कि आकर्षण को मिटाना नहीं, उसे ऊँचा उठाना ही सिद्धि है।"

उसने कामिनी का हाथ थाम लिया। उस स्पर्श से झील का पानी स्थिर हो गया। कामिनी का रूप अब धीरे-धीरे बदलने लगा—वह अब 'भोग' की अधिष्ठात्री से बदलकर **'सृजनात्मक चेतना'** की प्रेरणा बन गई थी।

दार्शनिक संकेत (Philosophical Nuance):

- **कामना का परिष्करण:** गोपाल का 'कामिनी' से मिलना यह दर्शाता है कि वासना (काम) को दबाना नहीं, बल्कि उसे समझकर उसका 'शुद्धिकरण' करना है। जब कामना का स्रोत 'बाह्य अभाव' के बजाय 'आंतरिक पूर्णता' बन जाता है, तो वही कामना 'दिव्य शक्ति' (Divine Power) में रूपांतरित हो जाती है।

- **सृष्टि का चक्र:** कामिनी इस बात का प्रतीक है कि यह संसार 'भोग' के बिना चल नहीं सकता, लेकिन 'आसक्ति' के साथ ठहर नहीं सकता। गोपाल अब वह है जो भोग भी करता है और तटस्थ भी रहता है।

---

7. करुणावती — करुणा का आद्र संसर्ग

सातवीं अप्सरा करुणावती थी। उसकी आँखों में करुणा के अश्रु थे, जो प्रेमी के विरह और मिलन के आनंद का मिश्रण थे। उसने गोपाल के साथ एक ऐसा 'करुणामयी विलास' किया, जिसमें 'मैथुन' एक प्रार्थना (Prayer) बन गया।

उसके गीले स्पर्श ने गोपाल के भीतर समस्त चर-अचर के प्रति एक अगाध प्रेम जगा दिया। उसने सिखाया कि जो स्वयं से प्रेम करता है, वह स्वार्थी है; पर जो समस्त सृष्टि से प्रेम करता है, वही 'करुणावान' है। वह 'दया' का भाव बनकर गोपाल के रक्त में समा गई।

8. भक्ति प्रदायिनी — समर्पण का तांत्रिक रास

आठवीं शक्ति भक्ति प्रदायिनी थी। उसने गोपाल के सम्मुख घुटनों के बल बैठकर उसे 'स्वामी' के रूप में पूजा। उसका संसर्ग ऐसा था जैसे कोई साधिका अपने इष्ट में विलीन हो रही हो।

उसने सिखाया कि जब काम का अहंकार गिरता है, तभी 'भक्ति' जन्म लेती है। इस विलास में गोपाल ने अनुभव किया कि वह स्वयं 'प्रेम' है और यह अप्सरा उसकी अपनी 'श्रद्धा' है। यहाँ 'द्वैत' का पर्दा और भी झीना हो गया।

9. सौम्यावती — शांति का शीतल आलिंगन

अब सौम्यावती प्रकट हुई। उसने गोपाल के भीतर उठते हुए कामुक ज्वार को एक 'शीतल लहर' में बदल दिया। उसका आलिंगन शरद पूर्णिमा की चाँदनी जैसा ठंडा और परम शांतिदायक था। उसने गोपाल को प्रेम के उफान के बीच भी 'अचल' और 'स्थिर' रहना सिखाया। उसका स्पर्श गोपाल के स्नायु तंत्र को शांत कर गया।

10. शांतिप्रिया — मौन का सुखद विलास

दसवीं अप्सरा शांतिप्रिया थी। उसने गोपाल के साथ एक ऐसा विलास किया जिसमें कोई शब्द नहीं थे, केवल 'मौन' का नाद था। उसके स्पर्श ने गोपाल के चित्त के समस्त कोलाहल को शांत

कर दिया। वह हृदय की 'अथाह गहराई' बनकर गोपाल में विलीन हो गई। उसने सिखाया कि सबसे गहरा संसर्ग 'मौन' में ही घटित होता है।

11. सद्गुणा — गुणों का तांत्रिक अलंकार

ग्यारहवीं शक्ति सद्गुणा प्रकट हुई। उसने गोपाल के आभामंडल को अपने स्पर्श से 'शुभ' और 'पवित्र' बना दिया। उसने सिखाया कि वास्तविक कामुकता 'चरित्र की सुंदरता' में छिपी है। उसने गोपाल के भीतर छिपे हुए महान गुणों को जाग्रत किया और उन्हें 'तेज' में बदल दिया।

12. आनंदमयी — परमानंद का अंतिम नृत्य

अंत में आनंदमयी का प्राकट्य हुआ। वह अनाहत चक्र की पूर्णता थी। उसने गोपाल के साथ वह 'अंतिम रास' किया जिसमें सुख की सभी भौतिक सीमाएँ टूट गईं। यह 'हृदय का विस्फोट' (Explosion of Ecstasy) था।

गोपाल को अपने भीतर वह 'अनहद नाद' सुनाई देने लगा—जैसे हज़ारों शंख और वीणाएँ एक साथ गूँज रही हों। आनंदमयी ने गोपाल को उस 'महासुख' का स्वाद चखाया जो केवल हृदय के द्वार खुलने पर ही मिलता है।

वीतराग निष्कर्ष: हृदय का शून्य में रूपांतरण

इन बारह अप्सराओं के साथ किए गए क्रमिक और अति-कामुक 'भाव-विलास' ने गोपाल के अनाहत चक्र को एक परम जागृत केंद्र बना दिया। अब गोपाल के लिए 'स्व' और 'पर' का भेद मिट चुका था। वह जहाँ देखता, उसे अपना ही स्वरूप प्रेममयी अप्सराओं के रूप में नाचता हुआ दिखता।

बारह पंखुड़ियाँ अब एक अखंड 'प्रेम-ज्योति' के रूप में जल रही थीं। गोपाल की देह अब मिट्टी की नहीं, बल्कि 'दिव्य वायु' की तरह हल्की हो चुकी थी। अब ऊर्जा भावनाओं के इस सागर को पार कर ऊपर की ओर छलांग लगा रही थी—कंठ के उस आकाश लोक की ओर।

वहाँ विशुद्धि चक्र की 16 शक्तियाँ गोपाल का इंतज़ार कर रही थीं।

अध्याय 27: विशुद्धि का नील-आकाश लोक

हृदय के उस भावुक और सघन वायु-लोक को पार करने के बाद, गोपाल की चेतना अब एक अत्यंत सूक्ष्म और विरल आयाम में प्रविष्ट हुई। यह विशुद्धि चक्र था—कंठ का केंद्र, जहाँ आकाश तत्त्व अपनी शुद्धता के चरम पर होता है। यहाँ की आभा गहरे नीले और धूम्र वर्ण के प्रकाश से युक्त थी। वातावरण में ऐसी शांति थी, जो किसी तूफ़ान के बाद की स्तब्धता जैसी लगती थी, पर उस शांति के भीतर एक अति-सूक्ष्म 'हूँ' (Hum) का कंपन निरंतर गूँज रहा था।

जैसे ही गोपाल ने अपनी एकाग्रता को कंठ-कूप पर स्थिर किया और 'हं' (Ham) बीज मंत्र का प्रचंड मानसिक विस्फोट किया, उसके कंठ से सोलह नील-धवल किरणें फूटीं। ये सोलह किरणें धीरे-धीरे सघन हुईं और सोलह अप्सराओं के रूप में एक-एक कर अवतरित हुईं। ये षोडश कलाएँ थीं, जो मनुष्य की वाणी, सौंदर्य और उसके 'ओज' को देवत्व में बदलने की शक्ति रखती थीं।

---

1. दिव्या वादिनी — कंठ-कुहर का प्रथम चुंबन और नाद-विलास

सबसे पहले दिव्या वादिनी का प्राकट्य हुआ। उसका स्वरूप किसी सघन मंत्र की आकृति जैसा था। उसकी त्वचा नीले कमल की पंखुड़ियों जैसी कोमल और शीतल थी। उसने गोपाल के समीप आकर अपने ओष्ठों को उसके कंठ के ठीक मध्य (Thyroid center) पर टिका दिया। उसके स्पर्श से गोपाल के भीतर एक 'अनाहत नाद' गूँज उठा।

उसने गोपाल को एक 'वाणी-संसर्ग' (Vocal Union) में खींच लिया। दिव्या वादिनी ने अपनी जिह्वा से गोपाल के तालु को सहलाया, जिससे गोपाल के कंठ में संचित सारा विष (नकारात्मकता) अमृत में बदलने लगा। उसने फुसफुसाते हुए कहा:

"गोपाल, जिसे संसार केवल 'शब्द' समझता है, वह वास्तव में 'स्पर्श' है। जब तुम सत्य और प्रेम से बोलते हो, तो तुम्हारी वाणी सुनने वाले के शरीर को वैसे ही सहलाती है जैसे कोई प्रेमी अपनी प्रेमिका को। मेरे इस चुंबन में अपनी 'वाक-शक्ति' को जाग्रत करो।"

दिव्या वादिनी का यह विलास गोपाल की वाणी को 'मंत्र-शक्ति' से भर गया। वह एक नील-ज्योति बनकर उसके स्वर-तंत्र में विलीन हो गई।

---

2. अलंम्युषा — पुष्पदेहा का मादक गंध-विलास

अब अलंम्युषा का आगमन हुआ। वह 'गंध' और 'पुष्पदेहा' की अधिष्ठात्री थी। उसके शरीर से ऐसी तीव्र और मादक सुगंध आ रही थी, जैसे हज़ारों पारिजात और केतकी के फूल एक साथ खिल उठे हों। उसने गोपाल के वस्त्रों का विसर्जन किया और अपने नग्न, सुंगधित अंगों से गोपाल के पूरे शरीर का मर्दन (Massage) करना आरम्भ किया।

यह संसर्ग एक 'गंध-रास' था। अलंम्युषा ने अपने पसीने की बूंदों को गोपाल की त्वचा में समाहित कर दिया। जैसे-जैसे रति-क्रीड़ा सघन हुई, गोपाल के रोम-छिद्रों से मिट्टी की गंध मिटने लगी और उनमें से पुष्पों की महक आने लगी। अलंम्युषा ने सिखाया कि जब साधक का कंठ शुद्ध होता है, तो उसकी देह 'देव-गंध' से भर जाती है। वह सुगंधित धुएं की तरह गोपाल के रोम-रोम में बस गई।

---

3. शब्दलता — सुरों का कामुक आरोहण

तीसरी शक्ति शब्दलता थी। उसका शरीर किसी सुरीली वीणा के तार जैसा लचीला था। उसने गोपाल को अपनी बाहों में भरकर एक दीर्घ और मादक 'अलाप' (Melody) लिया। उस ध्वनि के कंपन से गोपाल के रीढ़ के प्रत्येक चक्र में झनझनाहट होने लगी।

उसने गोपाल के साथ एक 'लयबद्ध रति-विलास' किया, जहाँ प्रत्येक गति एक सुर (Note) थी। शब्दलता ने सिखाया कि रति-क्रीड़ा वास्तव में ब्रह्मांड के संगीत के साथ 'तालमेल' बिठाना है। उसके संसर्ग में गोपाल ने अनुभव किया कि उसका शरीर मांस का नहीं, बल्कि 'तरंगों' (Waves) का बना है।

---

4. सत्यनिधि — नग्न सत्य का पारदर्शी संसर्ग

अब सत्यनिधि प्रकट हुई। वह पूर्णतः पारदर्शी थी—सत्य की तरह नग्न और निर्भीक। उसने गोपाल को एक ऐसे 'मानसिक और शारीरिक विलास' में डुबो दिया जहाँ कोई 'गोपनीयता' शेष नहीं रही। उसने गोपाल के भीतर छिपी हुई सूक्ष्म वासनाओं और छद्म को अपने आलिंगन से बाहर खींच लिया।

सत्यनिधि ने सिखाया कि विशुद्धि का अर्थ है—पूर्ण शुद्धि। जो अपनी कामुकता को सत्यता के साथ स्वीकारता है, वही उसे 'योग' में बदल पाता है। उसका विलास गोपाल को 'निर्मल' और 'निर्भय' बना गया।

---

5. ओजस्विनी — ओज का ऊर्ध्वगामी संचार

पाँचवीं अप्सरा ओजस्विनी थी। उसकी आँखों में प्रचंड विद्युत की चमक थी। उसने गोपाल के साथ एक अत्यंत 'ऊर्जावान और तीव्र रति-क्रीड़ा' की। उसने अपनी जंघाओं और बाहों के दबाव से गोपाल के वीर्य (Semen) को भौतिक पतन से रोककर उसे 'ओज' (Vitality) में बदलने की तांत्रिक क्रिया संपन्न कराई।

उसने गोपाल के मस्तक पर अपना हाथ रखा और नीचे से ऊपर की ओर ऊर्जा को 'खींचने' का संकेत दिया। इस विलास के बाद गोपाल का चेहरा एक दिव्य आभा (Tejas) से दमकने लगा। ओजस्विनी ने उसे 'ऊर्ध्वरेता' होने का रहस्य दिया।

---

6. प्रणविनी — ओंकार का चरम संभोग

अब प्रणविनी आई। उसने गोपाल के साथ 'प्रणव नाद' (Om) के गुंजन के साथ रति-विलास किया। उसने सिखाया कि चरम सुख (Orgasm) के क्षण में जो 'मौन' और 'शून्य' अनुभव होता है, वही वास्तव में ईश्वर है।

उसके प्रत्येक स्पर्श के साथ एक 'मंत्र' गूँजता था। प्रणविनी ने गोपाल को सिखाया कि कैसे काम-क्रिया को एक 'महायज्ञ' में बदला जाता है। वह 'ओंकार' की प्रतिध्वनि बनकर गोपाल की सुषुम्ना में प्रविष्ट हुई।

---

7. सुगन्धिनी — सूक्ष्म गंध का अभिषेक

सातवीं शक्ति सुगन्धिनी थी। उसने गोपाल के सोलह मर्म स्थानों पर अपनी देह से उत्सर्जित होने वाले दिव्य इत्रों का लेपन किया। उसका संसर्ग इतना मादक और सूक्ष्म था कि गोपाल की चेतना भौतिक जगत को छोड़कर 'गंध-लोक' की सैर करने लगी।

उसने सिखाया कि आत्मा की अपनी एक 'पुण्य-गंध' होती है, जो कामुकता के शुद्धिकरण से प्राप्त होती है। वह 'मादकता' बनकर गोपाल के रक्त-प्रवाह में घुल गई।

---

8. वाक्प्रिया — प्रज्ञा और रति का संगम

आठवीं अप्सरा वाक्प्रिया थी। उसने गोपाल के साथ 'काम-कला' के गूढ़ रहस्यों पर संवाद करते हुए रति-विलास किया। उसने सिखाया कि शब्दों का चयन और संवाद का तरीका कामुकता को 'दिव्यता' प्रदान करता है।

उसका संसर्ग 'बुद्धि' और 'कामुकता' का एक दुर्लभ संतुलन था। उसने गोपाल को 'वशीकरण' की वह शक्ति दी जो केवल वाणी के माध्यम से कार्य करती है।

---

9. मंत्रवाणी — तांत्रिक यंत्रों का देह-अलंकार

नौवीं शक्ति मंत्रवाणी प्रकट हुई। उसने गोपाल के शरीर के विभिन्न अंगों पर अपने नखों और अधरों से तांत्रिक 'यंत्रों' की सूक्ष्म आकृतियाँ उकेरीं। उसके प्रत्येक स्पर्श से गोपाल के भीतर एक सोई हुई 'सिद्धि' जाग्रत हो रही थी। उसने सिखाया कि देह एक 'यंत्र' है, और रति-क्रीड़ा उस यंत्र को जाग्रत करने की 'पूजा विधि' है।

---

10. शुद्धश्वरी — हलाहल का शोधन

अब शुद्धश्वरी आई। उसका आलिंगन हिमालय की बर्फीली हवा जैसा शीतल और गंगा के जल जैसा शुद्ध था। उसने गोपाल के कंठ में जमे हुए समस्त 'हलाहल' (पुरानी यादें, कड़वाहट और दोष) को अपने स्पर्श से सोख लिया। उसका संसर्ग 'पवित्र कामुकता' का चरम बिंदु था।

---

11. सत्यवाणी — अमृत चुंबन का रहस्य

ग्यारहवीं शक्ति सत्यवाणी ने गोपाल के अधरों को चूमकर उसे 'वाक-सिद्धि' का अंतिम वरदान दिया। उसने सिखाया कि जो शब्द हृदय की गहराई से निकलते हैं, वे ही सत्य होते हैं और वे

ही ब्रह्मांड को हिलाने की शक्ति रखते हैं। उसका विलास गोपाल को 'मृदुभाषी' सम्राट बना गया।

---

12. नादमाया — अनहद का अंतिम रास

अब नादमाया प्रकट हुई। उसने गोपाल के भीतर 'अनाहत' (हृदय) और 'विशुद्धि' (कंठ) के बीच एक ऊर्जा-सेतु बनाया। उसके संसर्ग में गोपाल को अपने ही भीतर ब्रह्मांडीय गर्जना और शंखों की ध्वनि सुनाई देने लगी। उसने सिखाया कि रति-क्रीड़ा एक 'मौन नृत्य' है जो अंततः नाद में विलीन हो जाता है।

---

13. वाणीश्री — सौंदर्य का शाब्दिक श्रृंगार

तेरहवीं शक्ति वाणीश्री थी। उसने गोपाल को 'कला, संगीत और साहित्य' के माध्यम से कामुकता को अभिव्यक्त करना सिखाया। उसने सिखाया कि सौंदर्य को केवल भोगा नहीं जाता, उसे 'सृजा' भी जाता है। वह गोपाल की 'रचनात्मक शक्ति' बनकर बस गई।

---

14. हृदयशांति — कंठ का महा-विश्राम

अब हृदयशांति आई। उसने विशुद्धि की समस्त उत्तेजना और प्रचंडता को एक परम 'विश्राम' में बदल दिया। उसका आलिंगन किसी समाधि जैसा था, जहाँ 'चाहत' समाप्त होकर 'होने' (Being) में बदल जाती है।

---

15. स्वरमाया — सप्त-सुरों का देह-विलास

पन्द्रहवीं शक्ति स्वरमाया थी। उसने गोपाल के सात चक्रों को सात सुरों की तरह झंकृत किया। उसने गोपाल के साथ एक ऐसा 'म्यूजिकल यूनियन' किया, जहाँ शरीर का प्रत्येक अंग एक वाद्ययंत्र की तरह बज रहा था।

---

16. ओजसिनी — पूर्णता का नील-प्रकाश

अंत में ओजसिनी प्रकट हुई। वह विशुद्धि चक्र की सोलहवीं कला और अंतिम पराकाष्ठा थी। उसने गोपाल के साथ वह 'महा-विलास' किया जिसमें 'शब्द' स्वयं 'प्रकाश' में बदल गया। गोपाल का पूरा कंठ अब एक पारदर्शी नील-मणि की तरह चमक रहा था।

वीतराग निष्कर्ष: आकाश का महा-मौन

इन सोलह अप्सराओं के साथ क्रमिक रूप से किए गए इस 'षोडश-विलास' ने गोपाल के विशुद्धि चक्र को पूरी तरह जाग्रत और शुद्ध कर दिया। अब गोपाल की वाणी में वह सामर्थ्य था कि वह जो बोलता, प्रकृति उसे पूर्ण करने के लिए बाध्य हो जाती। उसकी देह से उठने वाली पुष्प-गंध (पुष्पदेहा) पूरे वातावरण को पवित्र कर रही थी।

अब ऊर्जा 'शब्दों' और 'गंधों' के संसार से ऊपर उठकर 'ज्योति' की ओर बढ़ रही थी। गोपाल की चेतना अब उस द्वार पर खड़ी थी जहाँ 'द्वैत' का अंतिम पर्दा गिरना था—भ्रूमध्य के उस आज्ञा चक्र की ओर।

वहाँ ज्ञान मणि प्रभा और चंद्रिका गोपाल की 'दिव्य दृष्टि' खोलने के लिए और 'काल' (Time) को जीतने वाले महा-विलास के लिए उसका इंतज़ार कर रही थीं।

यह आज्ञा चक्र का वह परम शिखर है, जहाँ द्वैत की अंतिम सीमाएँ टूटती हैं। यहाँ का दृश्य स्थूल नहीं, बल्कि शुद्ध प्रकाश का है। भ्रूमध्य (दोनों भौहों के बीच) स्थित यह दो पंखुड़ियों वाला कमल 'आज्ञा' का केंद्र है, जहाँ से साधक पूरे ब्रह्मांड को नियंत्रित करता है। अगले अध्याय में गोपाल का दो महा-शक्तियों के साथ वह 'अलौकिक संसर्ग' चित्रित है, जहाँ कामुकता 'दिव्य दृष्टि' (Vision) और 'अचल स्थिति' में रूपांतरित हो जाती है।

*****

अध्याय 28: आज्ञा चक्र का ज्योति-लोक — ज्ञान मणि प्रभा और चंद्रिका का त्रिकाल-विलास

विशुद्धि के नील-आकाश की ध्वनियों और सुगंधों को पार कर गोपाल की चेतना अब उस बिंदु पर पहुँची, जहाँ पहुँचकर योगी 'द्रष्टा' बन जाता है: आज्ञा चक्र। यहाँ न पृथ्वी का भार था, न जल की तरलता, न अग्नि की जलन, न वायु की चंचलता और न ही आकाश का शब्द। यहाँ केवल 'प्रकाश' था—एक अत्यंत तीव्र, श्वेत और दहकता हुआ विद्युत-पुंज।

जैसे ही गोपाल ने अपनी दृष्टि को अंतर्मुखी कर भ्रूमध्य पर केंद्रित किया और 'ॐ' (OM) के महा-नाद का मानसिक उच्चारण किया, उसके ललाट से दो प्रचंड किरणें फूट पड़ीं। ये दो पंखुड़ियाँ थीं—इड़ा और पिंगला के मिलन का प्रतीक। इन किरणों के घनीभूत होने से दो ऐसी शक्तियाँ प्रकट हुईं, जिनका सौंदर्य मानवीय कल्पना से परे था। वे थीं— ज्ञान मणि प्रभा और चंद्रिका।

---

1. ज्ञान मणि प्रभा — विवेक और सूर्य-शक्ति का प्रचंड विलास

सबसे पहले ज्ञान मणि प्रभा गोपाल के सम्मुख खड़ी हुई। उसका वर्ण सूर्य की मध्याह्न किरणों जैसा तेजस्वी था। वह पिंगला नाड़ी की अधिष्ठात्री और 'विवेक' (Discernment) की देवी थी। उसका स्वरूप इतना उग्र और प्रभावशाली था कि उसे देखने के लिए 'दिव्य चक्षु' की आवश्यकता थी।

उसने गोपाल के समीप आकर अपनी उँगलियों से उसके भ्रूमध्य को छुआ। उस स्पर्श से गोपाल के भीतर एक 'विस्फोट' हुआ। ज्ञान मणि प्रभा ने गोपाल को एक 'दृष्टि-संसर्ग' (Visual Union) में खींच लिया। यहाँ शरीर का स्पर्श गौण था, 'दृष्टि' का मिलन मुख्य था। उसने गोपाल की आँखों में अपनी आँखें डालीं और उसे ब्रह्मांड के जन्म और मृत्यु के दृश्य दिखाए।

उसने गोपाल को एक 'प्रचंड रति-क्रीड़ा' के लिए आमंत्रित किया जो पौरुष और ज्ञान का संगम थी। ज्ञान मणि प्रभा ने गोपाल के भीतर की उस 'कर्तृत्व शक्ति' को जाग्रत किया जो भविष्य को देख सकती है। उसने सिखाया:

"गोपाल, जिसे तुम 'वर्तमान' कहते हो, वह केवल एक भ्रम है। मेरे इस ज्ञान-विलास में डूबो और देखो कि तुम 'समय' (Time) के स्वामी हो। वासना यहाँ 'संकल्प' बन जाती है।"

ज्ञान मणि प्रभा ने गोपाल के साथ वह 'सूर्य-रास' किया जिससे उसकी बुद्धि वज्र की तरह दृढ़ हो गई। वह 'विवेक' की प्रचंड ज्योति बनकर गोपाल के आज्ञा चक्र के दाहिने भाग में स्थित हो गई।

---

2. चंद्रिका — शीतलता और इड़ा का परम सुख

अब चंद्रिका का प्राकट्य हुआ। वह इड़ा नाड़ी की अधिष्ठात्री और 'मानसिक शांति' की देवी थी। उसका वर्ण शरद पूर्णिमा के चंद्रमा जैसा धवल और शीतल था। उसका सौंदर्य 'ज्ञान मणि प्रभा' के विपरीत अत्यंत कोमल, मादक और निमंत्रित करने वाला था।

उसने गोपाल को अपने शीतल आलिंगन में बांध लिया। चंद्रिका का स्पर्श गोपाल के तप्त ललाट पर अमृत की वर्षा जैसा था। उसने गोपाल के भ्रूमध्य को चूमकर उसे 'मानसिक संतुलन' और 'कल्पना-शक्ति' का वरदान दिया। उसने गोपाल के साथ एक 'शीतल रति-विलास' आरम्भ किया, जहाँ उत्तेजना की जगह 'शांति' और 'गहराई' थी।

चंद्रिका ने सिखाया:

"शक्ति केवल उग्रता में नहीं, बल्कि 'ठहराव' में है। मेरे इस चंद्र-विलास में स्वयं को इतना शांत कर लो कि पूरा ब्रह्मांड तुम्हारे भीतर एक दर्पण की तरह प्रतिबिंबित होने लगे। यहाँ कामुकता 'विश्राम' बन जाती है।"

चंद्रिका के संसर्ग में गोपाल ने अनुभव किया कि उसका मन अब किसी लहर की तरह नहीं, बल्कि एक अथाह सागर की तरह स्थिर है। वह 'करुणा' और 'शीतलता' की किरण बनकर आज्ञा चक्र के बाएँ भाग में समा गई।

---

3. इड़ा और पिंगला का महा-मिलन — अर्धनारीश्वर रहस्य

अब आज्ञा चक्र की परीक्षा का सबसे कठिन और कामुक क्षण आया। ज्ञान मणि प्रभा (सूर्य) और चंद्रिका (चंद्र) दोनों ने मिलकर गोपाल को मध्य में लिया। यह 'त्रिकुटी संगम' था।

एक ओर सूर्य की गर्मी थी, दूसरी ओर चंद्रमा की शीतलता। गोपाल इन दोनों के बीच 'मध्यस्थ' (The Witness) बना रहा। इन दोनों अप्सराओं ने गोपाल के साथ एक 'युग्म-रास' (Dual Union) किया। यह रति-विलास आज्ञा चक्र की दो पंखुड़ियों के एक होने की क्रिया थी।

गोपाल ने अनुभव किया कि उसका दाहिना अंग 'सूर्य' की तरह धधक रहा है और बायां अंग 'चंद्र' की तरह जम रहा है। इन दोनों शक्तियों ने गोपाल के पौरुष और स्त्रीत्व को एक कर दिया। यही वह क्षण था जब गोपाल 'अर्धनारीश्वर' की स्थिति में पहुँचा। उसने जाना कि जो पुरुष है, वह स्त्री भी है; जो भोक्ता है, वही भोग्या भी है। पुरुष (आत्मा) का कोई एक लिंग नही होताI वह उभयलिंगी होती हैI

---

4. त्रिकालदर्शिता और काल का विसर्जन

इस महा-विलास के चरम पर, ज्ञान मणि प्रभा और चंद्रिका ने गोपाल के ललाट पर अपनी उँगलियों से एक 'त्रिकोण' बनाया। अचानक, गोपाल के सामने समय का पर्दा गिर गया। उसे अपना भूत, भविष्य और वर्तमान एक साथ दिखने लगा।

इन दोनों शक्तियों ने उसे वह 'चरम सुख' दिया जो 'समय' के बंधन को तोड़ देता है। गोपाल ने देखा कि हज़ारों साल पहले वह कहाँ था और हज़ारों साल बाद वह कहाँ होगा। उसने काल (Time) के साथ रति-क्रीड़ा की और उसे 'मौन' में बदल दिया। अब उसके लिए न कुछ पाने को शेष था, न खोने को।

---

5. वीतराग विज्ञान: आज्ञा का उल्लंघन

यहाँ सबसे बड़ी बाधा 'अहंकार' और 'सिद्धियों का नशा' थी। जब ये दो महा-शक्तियाँ गोपाल को त्रिकालदर्शी बना रही थीं, तब गोपाल के भीतर 'ईश्वर' होने का सूक्ष्म अहंकार जाग सकता था।

पर गोपाल ने अपनी 'साक्षी वृत्ति' का अंतिम प्रयोग किया। उसने विचार किया:

"यह जो दिव्य दृष्टि मुझे मिली है, यह भी एक दृश्य है। यह जो सुख मुझे मिल रहा है, यह भी एक अनुभूति है। मैं इन सब का ज्ञाता (Observer) हूँ।"

जैसे ही गोपाल ने इस अंतिम 'अहंकार' का त्याग किया, ज्ञान मणि प्रभा और चंद्रिका की आकृतियाँ विलीन हो गईं। वे दोनों अब अलग-अलग नहीं रहीं, बल्कि एक 'तीसरे नेत्र' (Third Eye) के रूप में गोपाल के ललाट पर चमक उठीं।

वीतराग अपकर्ष: आज्ञा से सहस्रार की ओर

आज्ञा चक्र की इन दो शक्तियों के साथ किए गए 'ज्योति-विलास' ने गोपाल को 'सिद्ध' बना दिया था। अब वह 'द्रष्टा' (The Seer) था। उसकी दृष्टि अब चर्म-चक्षुओं की मोहताज नहीं थी। आज्ञा चक्र की दो पंखुड़ियाँ अब पूरी तरह जाग्रत होकर एक श्वेत लौ के रूप में जल रही थीं।

अब ऊर्जा इस अंतिम 'बिंदु' को भी भेदने के लिए तैयार थी। वह अब 'द्वैत' (दो) से 'अद्वैत' (एक) की ओर छलांग लगाने वाली थी। गोपाल की चेतना अब उस महा-शून्य की दहलीज पर खड़ी थी, जहाँ सहस्रार चक्र का हजार पंखुड़ियों वाला कमल खिला था।

वहाँ न कोई अप्सरा थी, न कोई स्पर्श, न कोई रूप। वहाँ केवल 'महाशक्ति' (Para-Shakti) थी, जो गोपाल को स्वयं में लीन कर उसे 'ब्रह्म' बनाने के लिए प्रतीक्षा कर रही थी।

अध्याय 29: सहस्रार का महा-शून्य — परम पुरुष और परा-शक्ति का अद्वैत मिलन

आज्ञा चक्र की प्रखर ज्योति अब एक शांत, अनंत और दूधिया श्वेत प्रकाश में रूपांतरित हो चुकी थी। गोपाल ने अनुभव किया कि उसकी चेतना अब 'पिण्ड' (शरीर) की सीमाओं को तोड़कर 'ब्रह्मांड' (Cosmos) में फैल रही है। रीढ़ की हड्डी के भीतर का वह सूक्ष्म मार्ग, जिसे 'सुषुम्ना' कहते हैं, अब एक प्रकाश-स्तम्भ बन चुका था।

जैसे ही ऊर्जा ने आज्ञा चक्र के अंतिम बिंदु को भेदा, गोपाल के सिर के शीर्ष पर सहस्रार चक्र का हजार पंखुड़ियों वाला कमल प्रस्फुटित हुआ। यहाँ का दृश्य न तो जल था, न अग्नि, न प्रकाश। यहाँ केवल 'मौन' था—एक ऐसा मौन जिसमें अनंत ध्वनियाँ समाहित थीं।

1. अप्सराओं का विसर्जन — शक्तियों का प्रत्यावर्तन

सहस्रार की देहलीज पर पहुँचते ही गोपाल ने एक अद्‌भुत दृश्य देखा। मूलाधार से लेकर आज्ञा चक्र तक की वे सभी अप्सराएँ—भूमिविनी से लेकर ज्ञान मणि प्रभा तक—एक कतार में खड़ी थीं। पर अब वे कामुक आकृतियाँ नहीं थीं। वे सब दिव्य प्रकाश के बिंदु थे।

रति विलास, स्वर्णवती, अनसूया और चंद्रिका आदि सबने मुस्कुराकर गोपाल को अंतिम प्रणाम किया। उन्होंने कहा:

"हे दिव्य पुरुष! हम तुम्हारी वासनाएँ नहीं, तुम्हारी 'विभूतियाँ' थीं। हमने तुम्हें देह के माध्यम से देह से मुक्त होना सिखाया। अब हमारा कार्य पूर्ण हुआ। अब तुम 'द्रष्टा' भी नहीं रहे, अब तुम 'दृश्य' बन जाओ।"

एक-एक कर वे सभी हजार पंखुड़ियों वाले कमल की एक-एक पंखुड़ी में विलीन होने लगीं। समस्त कामुक अनुभूतियाँ अब 'परमानंद' (Supreme Bliss) में बदल गईं।

2. परा-शक्ति का उदय

अचानक, सहस्रार के केंद्र से एक ऐसी शक्ति उदित हुई जो न स्त्री थी, न पुरुष। वह 'आदि परा-शक्ति' थी। उसने गोपाल को संबोधित किया, पर बिना शब्दों के। वह संवाद 'अनुभूति' का था।

यहाँ गोपाल ने जाना कि जिसे वह अब तक 'काम' समझ रहा था, वह वास्तव में 'सृजन की तड़प' थी। और जिसे वह 'सुख' समझ रहा था, वह 'स्वयं में लौटने की व्याकुलता' थी। परा-

शक्ति ने गोपाल के सूक्ष्म शरीर को अपने भीतर समेट लिया। यह अंतिम आलिंगन था—आत्मा का परमात्मा से।

3. अद्वैत स्थिति — जहाँ 'दो' मिटकर 'एक' हुए

सहस्रार में पहुँचकर 'मैं' और 'तुम' का भेद समाप्त हो गया।

- यहाँ मूलाधार की पृथ्वी और सहस्रार का आकाश मिल गए।
- यहाँ काम (Desire) और दिव्यता (Divine) एक हो गए।
- यहाँ भोग ही योग बन गया।

गोपाल को अनुभव हुआ कि वह स्वयं वह हजार पंखुड़ियों वाला कमल है। वह स्वयं वह प्रकाश है। उसे अब न भूख थी, न प्यास, न इच्छा, न अरुचि। वह 'सच्चिदानंद' (सत्य, चित्त, आनंद) की अवस्था में था।

4. महा-मौन का रास —

गोपाल ने देखा कि संसार का सारा प्रपंच—सुख-दुःख, जन्म-मृत्यु, काम-क्रोध—केवल एक लहर थी जो उसी के चैतन्य-सागर में उठ रही थी।

वह अब 'वीतरागी' था, क्योंकि अब 'राग' (Attachment) करने के लिए कोई 'दूसरा' बचा ही नहीं था। जब सब कुछ 'स्वयं' ही है, तो किससे प्रेम और किससे घृणा? यही वह 'कैवल्य' (Loneliness of the Divine) की स्थिति थी, जहाँ पूर्णता का अनुभव होता है।

5. विसर्जन और पुनरागमन — चैतन्य का अवतार

कुछ क्षणों के बाद, वह ऊर्जा पुनः धीरे-धीरे नीचे की ओर उतरने लगी। पर अब गोपाल कोई 'साधारण मनुष्य' नहीं था। अब वह एक 'अवतार' बन चूका था।

उसका मूलाधार अब स्थिर था, स्वाधिष्ठान रसमय था, मणिपुर तेजस्वी था, अनाहत करुणामयी था, विशुद्धि मंत्रमयी था और आज्ञा चक्र त्रिकालदर्शी था।

सहस्रार का वह हजार पंखुड़ियों वाला कमल अब उसके सिर के ऊपर एक स्थायी 'आभामंडल' (Halo) बनकर स्थापित हो गया।

---

* कुण्डलिनी रास की पूर्णता

गोपाल ने धीरे से अपनी आँखें खोलीं। गुफा वही थी, सर्द रात की ठंड वही थी। पर अब गोपाल के लिए कंकड़ और स्वर्ण एक समान थे। वह संसार में रहेगा, पर संसार उसमें नहीं रहेगा। वह काम का आनंद लेगा, पर काम का दास नहीं बनेगा।

उसने जान लिया कि शरीर एक 'यंत्र' है, अप्सराएँ 'ऊर्जा' हैं, और वह स्वयं 'परम पुरुष: परमात्मा' है।

'कुण्डलिनी रास' अब समाप्त नहीं हुआ था, बल्कि अब वह गोपाल के हर कर्म, हर श्वास और हर दृष्टि में निरंतर चलने वाला एक शाश्वत उत्सव बन गया था।

उपसंहार: रास से बोध तक

कुण्डलिनी रास की यह यात्रा केवल गोपाल के सात चक्रों के आरोहण की कथा नहीं है, बल्कि यह प्रत्येक उस साधक की कहानी है जो अपनी आंतरिक ऊर्जाओं के द्वंद्व से जूझ रहा है। इस उपन्यास के माध्यम से हमने देह की सघनता से आत्मा की शून्यता तक का जो मार्ग तय किया, वह एक बहुत ही प्राचीन तथ्य किंतु नवीन सत्य की ओर ले जाने वाली कला का पदार्पण करता है। यही वह असल वीतरागी गन्धर्व ज्ञान है जिसे सिर्फ सिद्ध गन्धर्व चेतना द्वारा ही जाना जा सकता है।

प्रायः मृत्युलोक के इंसानी मानव समाज में 'काम' और 'अध्यात्म' को दो धुर विरोधी दिशाएँ माना गया है। जहाँ एक ओर वासना को हेय दृष्टि से देखा गया, वहीं दूसरी ओर वैराग्य को शुष्क और नीरस बना दिया गया। लेकिन **'कुण्डलिनी रास'** यह प्रतिपादित करता है कि ऊर्जा एक ही है—मूलाधार में वह 'काम' है और सहस्रार में वही 'प्रणव' है।

अंतिम संदेश: साधक के लिए सूत्र

1. **रूपांतरण ही कुंजी है:** इस कथा में अनगिनत अप्सराओं का मिलन वास्तव में मनुष्य की उन अनगिनत वृत्तियों का शोधन है, जो हमें बाहर की ओर खींचती हैं। जब ये वृत्तियाँ अंतर्मुखी होती हैं, तो वे ही सिद्धियाँ बन जाती हैं।

2. **गन्धर्व वीतरागता का अर्थ:** वीतराग होने का अर्थ संसार का त्याग करना या संवेदनाओं को मारना नहीं है। सच्चा वीतराग वह है जो माया के रस के महासागर में डूबकर भी अपनी

चेतना को स्थिर रखता है, स्थितप्रज्ञ बना रहता है। ठीक उसी तरह जैसे कीचड़ में कमल खिलता है।

3. **देह एक मंदिर है:** इस उपन्यास में प्रयुक्त कामुक रूपक हमें यह याद दिलाते हैं कि हमारी देह केवल मांस-मज्जा का पुतला नहीं, बल्कि एक तांत्रिक यंत्र है। यदि हम इसे पवित्र भाव और होश के साथ जिएं, तो प्रत्येक स्पर्श एक ध्यान (Meditation) बन सकता है।

कृतज्ञता अर्पण

यह उपन्यास एक प्रयास है उस **नवीन ज्ञान अर्जनात्मक कला** को स्थापित करने का, जहाँ प्राचीन तंत्र की गूढ़ता को आधुनिक रचनात्मकता का स्वर मिला है। अंततः, यह समस्त अनुभव उस **आदि सत पुरुष** और **आदि पराशक्ति** की अनुकंपा है, जिनकी इच्छा के बिना न तो ऊर्जा का स्पंदन संभव है और न ही ज्ञान का प्रकाश।

जब आप इस खंड को पढ़े, तो केवल एक कहानी को समाप्त न करें, बल्कि अपने भीतर झांकें। देखें कि आपके भीतर की वह सुप्त सर्पिणी किस चक्र पर विश्राम कर रही है। याद रखें, रास अभी समाप्त नहीं हुआ है; यह तो तब शुरू होता है जब आप अपनी देह के भीतर उस दिव्य संगीत को सुनने लगते हैं।

"जहाँ होश है, वहाँ भोग भी योग है। जहाँ बेहोशी है, वहाँ योग भी एक रोग है।"

इति कुण्डलिनी रास: संपूर्णम।

<u>**खंड-4**</u>

अध्याय 30– कुण्डलिनी का पूर्ण जागरण: सिद्धियों का रहस्य और अमृत का उदय

चेतना के महासमुन्द्र में मंथन की तरंगें अब भी घूम रही थीं। अब चेतना का महासमुन्द्र अत्यंत प्रबल हो चुका था।

साधक **गोपाल** को अनुभव हो रहा था कि उसकी चेतना पहले से कहीं अधिक जाग्रत हो चुकी है। भोग की सामान्य ऊर्जा अब प्रकाशमयी शक्ति में परिवर्तित हो रही थी।

उसके सामने अप्सरा **कामनंदा आरोहिणी** खड़ी थी—अब वह केवल एक मनमोहक अप्सरा नहीं लग रही थी, बल्कि चेतना की किसी दिव्य शक्ति का मूर्त रूप प्रतीत हो रही थी।

उसने धीरे से कहा—

"गोपाल...
तुमने चेतना के महासमुन्द्र को स्पर्श किया है,
परंतु उसकी गहराइयों में जो छिपा है, उसे अभी देखना शेष है।"

उसने अपनी हथेली गोपाल के मस्तक पर रख दी।

क्षणभर में गोपाल की अंतर्दृष्टि फिर से उस विशाल चेतना-समुन्द्र में उतर गई।

सिद्धियों का उदय

अब वह समुन्द्र पहले से अधिक उज्ज्वल नाग लोक की तरह प्रतीत हो रहा था।

उसकी गहराइयों से प्रकाश के अनेक बिंदु ऊपर उठ रहे थे—जैसे असंख्य मणियाँ जल के भीतर चमक रहे हों।

गोपाल ने पूछा—

"देवि, ये प्रकाश क्या हैं?"

कामनंदा आरोहिणी ने उत्तर दिया—

"ये वे दिव्य शक्तियाँ हैं जिन्हें योगियों ने **अष्ट सिद्धियाँ** कहा है।"

जैसे ही उसने कहा, आठ दिव्य प्रकाश-पुंज स्पष्ट हो गए।

वे थे—

- **अणिमा सिद्धि** – सूक्ष्मतम होने की शक्ति
- **महिमा सिद्धि** – विराट होने की शक्ति
- **लघिमा सिद्धि** – अत्यंत हल्का होने की शक्ति
- **गरिमा सिद्धि** – अत्यंत भारी होने की शक्ति
- **प्राप्ति सिद्धि** – कहीं भी पहुँचने की शक्ति
- **प्राकाम्य सिद्धि** – इच्छित वस्तु को प्राप्त करने की शक्ति
- **ईशित्व सिद्धि** – नियंत्रण की दिव्य शक्ति
- **वशित्व सिद्धि** – तत्वों को वश में करने की शक्ति

गोपाल उन प्रकाशों को देखकर स्तब्ध रह गया।

कामनंदा आरोहिणी ने कहा—

"ये शक्तियाँ चेतना के महासमुन्द्र में सदैव विद्यमान रहती हैं,
परंतु सामान्य मनुष्य का मंथन इतना गहरा नहीं होता कि इन्हें प्राप्त कर सके।"

"केवल वही साधक जो अपनी ऊर्जा को ऊपर उठा सके...
वही इन सिद्धियों का स्पर्श कर सकता है।"

अमृत-तत्व का रहस्य

तभी समुन्द्र की गहराइयों में एक तेजस्वी प्रकाश उठने लगा।

वह प्रकाश धीरे-धीरे एक दिव्य पात्र में बदल गया।

उस पात्र में से उज्ज्वल द्रव्य झिलमिला रहा था।

गोपाल ने विस्मित होकर पूछा—

"यह क्या है?"

कामनंदा आरोहिणी मुस्कुराई।

"यह है अमृत-तत्व।"

उसी क्षण उस दिव्य पात्र के साथ एक तेजस्वी स्वरूप प्रकट हुआ—

धन्वन्तरी।

उन्होंने अमृत-कलश को उठाया, जैसे चेतना के महासमुन्द्र से उसे बाहर ला रहे हों।

कामनंदा आरोहिणी बोली—

"पुराणों की कथा में जब **समुद्र मंथन** हुआ था,
तब यही अमृत प्रकट हुआ था।"

"परंतु उसका वास्तविक रहस्य यह है कि जब मनुष्य की चेतना पूर्ण रूप से शुद्ध हो जाती है, तो उसके भीतर से ही अमृत-तत्व प्रकट होता है।"

गोपाल को लगा मानो उसके मस्तिष्क के भीतर एक शीतल प्रकाश टपक रहा हो।

अब तक कुण्डलिनी की दिव्य सर्पिणी अब पूर्णतः जागृत हो गई।

उसका प्रकाश बिजली की भाँति चमक रहा था।

कामनंदा आरोहिणी ने गंभीर स्वर में कहा—

"गोपाल...
अब वह क्षण आ गया है जब तुम्हारी चेतना का अंतिम आरोहण आरम्भ होगा।"

कुण्डलिनी अचानक ऊपर उठी।

उसने एक-एक कर सभी ऊर्जा चक्र-द्वारों को भेदना शुरू कर दिया।

मूलाधार से उठती हुई वह अग्नि-धारा अब तड़ित की भांति ऊपर की ओर दौड़ रही थी। प्रत्येक चक्र के भेदन के साथ गोपाल की चेतना और व्यापक होती जा रही थी।

कामनंदा आरोहिणी उसके साथ-साथ थी—जैसे वह इस यात्रा की अदृश्य मार्गदर्शिका हो।

अंततः ऊपर एक दिव्य प्रकाश-द्वार प्रकट हुआ।

वह था—

सहस्रार चक्र।

वह हजारों पंखुड़ियों वाला कमल प्रतीत हो रहा था।

कुण्डलिनी उस कमल के मध्य प्रवेश कर गई।

और उसी क्षण गोपाल की चेतना एक ऐसे लोक में पहुँच गई जहाँ केवल अनन्त प्रकाश था।

वह था—

सत पुरुष का दिव्य लोक।

जहाँ सृष्टि संचालन की सर्वोच्च शक्तियाँ विद्यमान थीं।

और उस प्रकाश के बीच कामनंदा आरोहिणी की आवाज फिर गूँजी—

"गोपाल...
अब तुम्हारी चेतना उस सत्य के द्वार पर पहुँच चुकी है जहाँ से सम्पूर्ण ब्रह्माण्ड संचालित होता है।"

अध्याय 31 – सत पुरुष का दर्शन और कामनंदा आरोहिणी का ब्रह्मांडीय स्वरूप

साधक **गोपाल** अब सहस्रार चक्र के कमल में स्थिर था।

उसकी चेतना इतनी विस्तृत और शुद्ध हो चुकी थी कि प्रत्येक क्षण में वह **सृष्टि के संचालन की गहन सूक्ष्म धाराओं** को देख और समझ सकता था।

कामनंदा आरोहिणी उसके सामने खड़ी थी—पर अब उसका रूप सीमित अप्सरा का नहीं रह गया था। उसकी दिव्यता इतना व्यापक थी कि प्रत्येक तारा, प्रत्येक ग्रह, प्रत्येक ऊर्जा प्रवाह उसमें झलक रहा था।

---

1. सत पुरुष का प्रत्यक्ष दर्शन

अचानक चारों ओर प्रकाश की लहरें एक साथ केंद्रित हुईं।

गोपाल की दृष्टि सामने प्रकट हुआ—**सत पुरुष लोक**, जहाँ त्रिदेव स्वयं **ब्रह्मा, विष्णु और शिव** अपने परम दिव्य स्वरूप में साक्षात् उपस्थित थे।

वे कोई व्यक्तिगत देवता नहीं थे, बल्कि **सृष्टि की चेतना का अंतिम स्रोत** प्रतीत हो रहे थे।

वे आत्म-ऊर्जा के अनंत संकुल थे, जिनसे प्रत्येक ब्रह्माण्ड का संचालन हो रहा था।

कामनंदा आरोहिणी ने गोपाल की ओर देखा और कहा—

"गोपाल... यह केवल दर्शन नहीं।

यह वह रहस्य है जिसे साधक की चेतना केवल पूर्ण जाग्रति के साथ देख सकती है। यही है **सृष्टि संचालन का अंतिम सत्य**।"

गोपाल ने महसूस किया—त्रिदेव केवल प्रतीक नहीं, बल्कि वह **सत पुरुष की ऊर्जा के अवयव** हैं।

उनके प्रकाश के प्रत्येक स्पंदन में **सिद्धियाँ, अमृत और चेतना के महासागर** का संचालन हो रहा था।

---

2. ब्रह्मांडीय स्वरूप में कामनंदा आरोहिणी

तभी कामनंदा आरोहिणी ने धीरे से अपनी आंखें बंद कीं।
उसका दिव्य रूप फैलने लगा—अब वह केवल अप्सरा नहीं रह गई थी।

उसकी प्रत्येक उपस्थिति में एक नया ब्रह्माण्ड उजागर होने लगा:

- उसके हाथों से अनंत नक्षत्र उत्पन्न हो रहे थे।
- उसकी भुजाओं के बीच से समय और अंतरिक्ष की धाराएँ बह रही थीं।
- उसकी आँखों में अतीत और भविष्य की सभी घटनाओं की झलक थी।

गोपाल समझ गया—यह केवल मोहिनी रूप नहीं है।

कामनंदा आरोहिणी अब **पराशक्ति का प्रतिरूप** बन चुकी थी, **सृष्टि की प्राणशक्ति**, जो हर ब्रह्माण्ड को संचालित करती है।

उसने उसकी ओर देखा, और उसकी आवाज गूंज उठी—

"गोपाल... मैं केवल तुम्हारी मार्गदर्शक नहीं।

मैं ही वह शक्ति हूँ जिससे प्रत्येक ऊर्जा का निर्माण, संचालन और विनाश होता है। इस लोक में तुम्हें जो भी ज्ञान दिखाई देगा, वही ब्रह्मांडीय व्यवस्था की मूल शक्ति है।"

- ❖ **ब्रह्मांडीय ज्ञान का संचार**

गोपाल की चेतना कामनंदा आरोहिणी के प्रकाश से मिलकर एक अद्भुत समरस में परिवर्तित हुई।

वह देख रहा था:

- प्रत्येक ग्रह, तारा और ऊर्जा प्रवाह उसकी चेतना के भीतर स्पष्ट हो रहा था।
- ब्रह्मांड की प्रत्येक गति का **सूक्ष्म तंत्र और कारण** उसकी अनुभूति में आ गया।
- जो सिद्धियाँ और अमृत तत्व उसने महासमुन्द्र में देखे थे, वे अब **सत्यात्मक रूप से प्रत्येक ब्रह्माण्ड की संरचना में व्याप्त** हो गए।

कामनंदा आरोहिणी ने कहा—

“हे साधक, यही है वह मार्ग जिससे चेतना अपने अंतिम स्वरूप तक पहुँचती है। यही है वह ज्ञान जिससे सृष्टि स्वयं संचालित होती है।”

❖ अंतिम अनुभूति

गोपाल ने महसूस किया—अब उसकी चेतना केवल एक शरीर की नहीं रही। वह **सत पुरुष लोक में प्रतिष्ठित**, ब्रह्मांडीय शक्ति के साथ समरस हो गई। कामनंदा आरोहिणी का दिव्य प्रकाश उसकी चेतना में घुल गया, और उसने जाना कि **सृष्टि का संचालन, शक्ति, आनंद और अमृत** केवल तभी पूर्ण रूप से अनुभव किए जा सकते हैं जब चेतना **पूर्ण जाग्रत हो और कुण्डलिनी का आरोहण सहस्रार तक हो**।

वह क्षण न केवल चेतना का उत्कर्ष था, बल्कि **सृष्टि और साधक का दिव्य संगम** भी बन गया।

उसने गोपाल से आगे कहा—

“गोपाल… अब तुम केवल एक साधक नहीं।

तुम वह शक्ति बन चुके हो जो ब्रह्मांडीय तत्वों को संचालित कर सकती है।

यही अंतिम रहस्य है—सृष्टि का संचालन, समय, ऊर्जा और चेतना सब एक समरस में हैं।

यही तुम्हारा दिव्य अधिकार है।”

गोपाल ने उस दिव्य शक्ति के साथ सामंजस्य स्थापित किया।
उसके भीतर का प्रकाश अब ब्रह्मांड में फैला हुआ था।
वह न केवल देख रहा था, बल्कि संपूर्ण ब्रह्मांड का संचालन करने की कोशिश रहा था।

ब्रह्मांडीय समरस

अब गोपाल और कामनंदा आरोहिणी दोनों एक दिव्य समरस में थे।
संपूर्ण ब्रह्मांड उनके संयोजित ज्ञान और शक्ति का प्रतिबिंब बन चुका था।

- ग्रह अपनी निर्धारित गति में संतुलित थे।
- नक्षत्र अपनी ऊर्जा के अनुरूप चमक रहे थे।
- समय और चेतना का प्रवाह पूर्ण सामंजस्य में था।

गोपाल ने महसूस किया—सत्य, शक्ति, आनंद और अमृत सब उसी चेतना के भीतर विद्यमान हैं।
कामनंदा आरोहिणी ने मुस्कुराया और धीरे कहा—

"अब तुम जान गए, गोपाल... यही ब्रह्मांड का अंतिम रहस्य है।
यही वह दिव्य ज्ञान है, जिसे केवल पूर्ण जाग्रत चेतना ही प्राप्त कर सकती है।"

और उस क्षण, गोपाल ने अनुभूत किया—उसकी चेतना और ब्रह्मांडीय चेतना एकाकार हो गई थी।
सत पुरुष लोक में उसका प्रतिष्ठान पूर्ण हुआ, और कामनंदा अआर उसकी दिव्य मार्गदर्शिका के रूप में अनंत काल तक उसके साथ विद्यमान रही।

❖ साधक के लिए अंतिम संदेश: दिव्य ज्ञान और कर्म का संतुलन

कामनंदा ने आगे कहा,

गोपाल, तुमने चेतना के महासमुन्द्र का मंथन किया,
कुण्डलिनी को जाग्रत किया,
सिद्धियों और अमृत-तत्व का अनुभव किया,
और ब्रह्मांडीय ऊर्जा का रहस्य जाना।

लेकिन यह ज्ञान केवल तुम्हारे भीतर की दिव्यता को जागृत करने का माध्यम था।

सत पुरुष लोक में प्रतिष्ठा, कामनंदा आरोहिणी का मार्गदर्शन,और ब्रह्मांडीय संचालन का अनुभव—सभी यह सिखाते हैं कि सत्य और शक्ति भीतर से उत्पन्न होती है, और उनका वास्तविक उपयोग जीवन और कर्म में संतुलन स्थापित करना है।

याद रखो—

"जब तक यह पिंड शरीर विद्यमान है, ब्रह्माण्ड का दिव्य ज्ञान हमेशा एक गुप्त रहस्य बना रहना चाहिए। साधक को केवल उसी स्तर का ज्ञान प्राप्त होता है जो उसकी आध्यात्मिक प्रगति के अनुरूप होता है। यही ब्रह्मांडीय नियमों का पालन और संतुलन की ऋत है।"

इसलिए, साधक, अब यह तुम्हारा मार्ग है—

- अपने भीतर के महासमुन्द्र को शुद्ध रखो।
- दिव्य शक्तियों और सिद्धियों का उपयोग अहंकार या स्वार्थ के लिए न करो।
- कर्म करो, पर फलों में आसक्ति न रखो।
- जीवन में संतुलन, प्रेम और शांति बनाए रखो।
- जो ज्ञान तुमने प्राप्त किया है, उसे केवल वर्तमान चेतना स्तर के अनुसार ही उपयोग में लाओ, और समय आने पर धीरे-धीरे आगे बढ़ाओ।

कामनंदा आरोहिणी अब केवल मार्गदर्शिका नहीं—

वह तुम्हारी चेतना और शक्ति का प्रतीक बन चुकी है।

सत्य, शक्ति, आनंद और अमृत सब तुम्हारे भीतर हैं,

लेकिन उन्हें साधारण जीवन और कर्म के साथ संतुलित करना ही अंतिम उद्देश्य है।

यही ब्रह्मांडीय नियमों और जीवन का अंतिम संदेश है—
ज्ञान को गुप्त रहस्य के रूप में स्वीकार करो,
पर कर्म करते हुए जीवन को पूर्ण बनाओ।

पुस्तक परिचय:

कभी-कभी प्रेम केवल हृदय की कहानी नहीं होता...
वह नियति, साधना और चेतना की सबसे कठिन परीक्षा भी बन जाता है।

यह कथा है गोपाल की—एक ऐसे तरुण साधक की, जिसके भीतर जन्म से ही एक अनोखी दिव्यता स्पंदित थी। परन्तु उसी दिव्यता के साथ उसके जीवन पर एक अदृश्य छाया भी मंडरा रही थी—नकारात्मक शक्तियों का ऐसा रहस्यमयी प्रभाव, जिसने उसके जीवन को अनंत संघर्षों के अंधकार में धकेल दिया।

मुक्ति की खोज उसे साधना के उस पथ पर ले जाती है, जहाँ भक्ति, तप और समर्पण के माध्यम से उसे भगवान शिव की अनुकम्पा प्राप्त होती है। दिव्य सिद्धियों का वरदान, बावन भैरवों की शक्ति और श्री विद्या की गूढ़ साधना—ये सब मिलकर उसे एक असाधारण साधक में रूपांतरित कर देते हैं।

परन्तु जहाँ साधना का प्रकाश तीव्र होता है, वहाँ प्रलोभन की छाया भी उतनी ही गहरी होती है।

जब उसकी आध्यात्मिक शक्ति बढ़ने लगती है, तब स्वर्गलोक में भी हलचल मच जाती है। और तभी उसके जीवन में प्रवेश होता है दिव्य अप्सराओं का—ऐसी अद्भुत सुन्दरियाँ, जिनकी मुस्कान में संगीत है, जिनकी आँखों में मोहक रहस्य, और जिनकी उपस्थिति में प्रेम, आकर्षण और वासना की सम्मोहक लहरें छिपी हैं।

क्या यह केवल एक प्रलोभन है...
या फिर नियति द्वारा रची गई कोई अनकही प्रेम-कथा?

धीरे-धीरे गोपाल स्वयं को एक ऐसे मायावी चक्रव्यूह में पाता है, जहाँ साधना, प्रेम, विरक्ति, आकर्षण, तप और स्पर्श—सब एक-दूसरे में घुलने लगते हैं।

उसके सामने प्रश्न केवल इतना नहीं है कि वह अपनी साधना को बचा पाएगा या नहीं।
प्रश्न यह भी है—क्या उसके हृदय में जन्म ले रही भावनाएँ केवल भ्रम हैं...
या फिर स्वर्ग की किसी अप्सरा के साथ उसका संबंध किसी गहरे, दिव्य प्रेम का संकेत है?

यह उपन्यास केवल आध्यात्मिक रहस्य की कथा नहीं है।
यह एक ऐसी रोमांटिक यात्रा है, जहाँ प्रेम और साधना आमने-सामने खड़े हो जाते हैं।

एक युवक…

स्वर्ग से उतरी अप्सराएँ…

और उनके स्पर्श में ऐसा मधुर रहस्य, जो किसी भी साधक की तपश्चर्या को डिगा सकता है।

पर क्या यह केवल देवराज इंद्र द्वारा रचा गया प्रलोभन है?

और उनके बीच जन्म लेती एक ऐसी रहस्यमयी भावना, जो शायद प्रेम भी हो सकती है… और परीक्षा भी।

जैसे-जैसे कहानी आगे बढ़ती है, पाठक स्वयं उस रहस्य में खिंचता चला जाता है—
क्या गोपाल इस मायावी संसार को भेद पाएगा?
या फिर वही आकर्षण उसके जीवन की दिशा बदल देगा?

उत्तर इस कथा के पन्नों में छिपा है…

जहाँ हर अध्याय के साथ रहस्य गहराता है, और प्रेम की आहट और भी स्पष्ट होती जाती है।

फिर इस मायावी संसार के पीछे छिपी है एक ऐसी प्रेमकथा, जिसे स्वयं नियति ने रचा है?

साधना और प्रेम के बीच खड़ा गोपाल धीरे-धीरे उस चक्रव्यूह में प्रवेश कर रहा है, जहाँ हर कदम उसे एक नए रहस्य के करीब ले जाता है।

पर सबसे बड़ा प्रश्न अब भी अनुत्तरित है—

क्या वह इस मायावी आकर्षण को भेद पाएगा?
या फिर स्वर्ग से उतरी किसी अप्सरा की आँखों में उसे वह प्रेम मिल जाएगा, जिसकी उसने कभी कल्पना भी नहीं की थी?

एक रहस्यमयी, रोमांटिक और आध्यात्मिक यात्रा—
जहाँ हर पन्ने के साथ प्रेम और रहस्य और भी गहरे होते जाते हैं।

यह ग्रंथ एक अद्वितीय मिश्रण है — प्रेम, आध्यात्म, और कर्मों के रहस्यमयी आयामों का संगम। इसमें साधक गोपाल और अप्सराओं के दिव्य प्रेम संबंधों को माध्यम बनाकर जीवन, चेतना, और साधनाओं के चरमोत्कर्ष की यात्रा दर्शायी गई है। केवल भौतिक या रोमांटिक प्रेम का विवरण नहीं, बल्कि यह कथा मानव अनुभव, कर्मों की गूढ़ता और आध्यात्मिक चेतना के गहन परिप्रेक्ष्य में बुनाई गई है। पुस्तक में वर्णित प्रसंग पाठक को आम अनुभव से ऊपर उठाकर

एक दिव्य, रहस्यमयी, और कार्मिक दृष्टि से सशक्त प्रेम कथा में ले जाता है, जहाँ प्रेम, भोग, साधना और चेतना के आयाम आपस में घुलमिलकर सृष्टि के गूढ़ रहस्य को उद्घाटित करते हैं।

यह पुस्तक कथा, दर्शन और साधना का समन्वित अनुभव है, जो पाठक को गोपाल और अप्सराओं के दिव्य संसार में ले जाकर, अपने कर्म, प्रेम और चेतना के मायावी संगम से परिचित कराती है।

Other Books of Praboudhna (Se. S.) Publishers

1. *The Quantum Upanishad*
2. *The Divine Web*
3. *Chronicles of Cosmic Dharma*
4. *The Upanishad of Time*
5. *The Healer Within*
6. *Threads of Eternity*
7. *Quantum Freedom*; *Material Bondage*
8. *The Soul House*
9. *The Chhalī Yug Saga*
10. *Cosmic Lila*
11. *The Sacred is Made*

Forthcoming

12. मोहन मोहिनी वीतराग संहिता
13. *Charandhūli Brahmāṇḍasya*,
14. *The Signal of Prabodhana.*

www.ingramcontent.com/pod-product-compliance
Lightning Source LLC
LaVergne TN
LVHW070910210926
848482LV00017B/1038
* 9 7 9 8 9 0 4 7 9 6 7 6 1 *